Heiko Werning – Im wilden Wedding

Heiko Werning, geboren 1970 im westfälischen Münster, wohnt seit 1991 im Berliner Wedding, ist Reptilienforscher aus Berufung, Froschbeschützer aus Notwendigkeit, Schriftsteller aus Gründen und Liedermacher aus Leidenschaft. Er liest seine Texte regelmäßig bei der legendären »Reformbühne Heim & Welt« und den agilen Weddinger »Brauseboys« vor, ist ständiger Mitarbeiter der *Titanic*, regelmäßiger Autor von *taz* und *Jungle World* und schreibt für die *taz* zusammen mit Jakob Hein auch den Blog »Reptilienfonds«.
Buchveröffentlichungen: »In Bed with Buddha«, Tiamat, Berlin 2007. »Mein wunderbarer Wedding«, Berlin 2010. »Schlimme Nächte«, Berlin 2012.

Edition
TIAMAT
Deutsche Erstveröffentlichung
Herausgeber:
Klaus Bittermann
1. Auflage: Berlin 2014

www.edition-tiamat.de
Druck: cpi-books
Umschlagentwurf: Felder Kölnberlin
ISBN: 978-3-89320-185-3

Heiko Werning

Im wilden Wedding

Zwischen Ghetto und Gentrifizierung

Critica
Diabolis
214

Edition
TIAMAT

Inhalt

Boulette mit Fleisch

»Einmal Boulette mit Pommes bitte«, gab ich meine Bestellung auf. Es war eine Zeit, als der *Imbiss zur Mittelpromenade* noch *Imbiss zur Mittelpromenade* hieß und nicht wie heute *You kill it, we grill it.* Und es war eine Zeit, in der es nie zu etwas Gutem führt, wenn man noch am *Imbiss zur Mittelpromenade* steht und etwas bestellt, nämlich tief in der Nacht.

Ich kam von einem Kneipenabend zurück und war schon angenehm betrunken, und vielleicht hätte ich es besser bei diesem Ergebnis des Abends belassen und schnell ins Bett gehen sollen. Vielleicht wäre ich besser sogar sehr schnell ins Bett gegangen, dachte ich im nächsten Moment, als nämlich der Meister der Mittelpromenade etwas zu mir sagte, das sich für mich etwa so anhörte: »Aber die Bouletten sind heute mit Fleisch.«

Ich lauschte den Worten kurz nach, dann schüttelte ich heftig meinen Kopf, damit sich dort alles wieder zurechtruckeln möge, und fragte anschließend hochkonzentriert: »Was?«

»Die Bouletten sind mit Fleisch. Willste trotzdem?«

Ich starrte ihn misstrauisch an. Jetzt bloß keinen Fehler machen. Er war der Mann von der Nachtschicht der Mittelpromenade, eine geachtete Respektsperson hier im Kiez. Er kannte sie alle, er sah sie alle – er sah uns alle. Jede Nacht steht er in seiner hell erleuchteten Bude im Dunkel der Weddinger Nacht, umwabert von den Schwaden, die aus seinen beiden Fritteusen aufsteigen, und blickt in stoischer Ruhe über die Kreuzung Seestraße/

Müllerstraße. Ohne erkennbare Regung nimmt er jede Bestellung von jedem entgegen, er kennt unsere dunkelsten Geheimnisse, er hat jeden hier aus der Gegend in seinen desolatesten Momenten erlebt: Wenn er volltrunken nachts an seine Pommesbude torkelt und nach Fett oder Alkohol verlangt. Die Krankenschwester vom Virchow auf dem Weg zur Frühschicht, die sich schnell noch einen Flachmann kauft ebenso wie den *McFit*-gestählten Jungmacho, den seine Eroberung der Nacht vor die Tür gesetzt hat, weil er zu besoffen war, um noch einen hochzukriegen, oder den Prediger vom Moscheeverein gegenüber, der mit drei Currywürsten seinen nächtlichen Heißhunger auf Schweinefleisch stillt – und er, der Herrscher der Weddinger Nacht, steht in seiner Bude und gibt mit dem immer gleichen Gesichtsausdruck zwischen beichtväterlicher Diskretion und vollständiger Interessenlosigkeit aus, wonach die verzweifelten Seelen vor seinem Fenster verlangen. Kurz: Er ist niemand, in dessen Augen man sich disqualifizieren möchte, indem man zu erkennen gibt, dass man die Codes nicht kennt, dass man nicht dazugehört, dass man nicht weiß, wie der Hase durch die Rehberge läuft. Also, bloß nichts anmerken lassen. Die Boulette ist also mit Fleisch heute. Ich war mir noch nicht ganz im Klaren darüber, wie ich diese Information einordnen sollte. Jetzt war allerdings rasch eine Antwort fällig, es galt, die Abläufe nicht zu stören. Schließlich hielt er die Metallzange schon in der Hand und ließ sie wie einen Geier auf der Suche nach Aas über die Auslage kreisen, also antwortete ich lässig-routiniert: »Na klar.«

Ich sah zu wie er den Klops, von dem ich nun also immerhin wusste, dass er mit Fleisch war, packte und ins blubbernde Fett gleiten ließ, auf dass er sich dort kräftig vollsaugen möge, dann stand er wieder regungslos da und wartete. Ich tat es ihm gleich.

Nur eine Frau war noch zugegen, ich bemerkte sie erst jetzt. Sie stand etwas im Dunkeln an einem der Stehtischchen. Sie sah eigentlich zu gut und zu jung aus für Uhrzeit und Ort. Und sie war etwas zu modisch gekleidet. Sie hatte so eine Retro-Schiebermütze auf, das wirkte fast ein wenig hip. Auf jeden Fall war sie kein bisschen betrunken. Sie passte einfach nicht an diesen Ort.

Sie bemerkte, dass ich sie bemerkt hatte, und lächelte mir freundlich zu. Das ist kein sozial adäquates Verhalten nachts um kurz vor drei mitten auf der Seestraße. Sie passte wirklich nicht an diesen Ort. – Sie passte doch an diesen Ort. Denn jetzt sagte sie: »Sie wollen meine Gedanken abhören! Fast hätten sie mich erwischt, aber hier ist man sicher.«

Ich nickte verstehend. Ja, hier war man sicher. Irgendwie. Hoffentlich ist die Boulette gleich fertig, dachte ich, ich sollte wirklich langsam nach Hause.

»Hier sind die Störstrahlen zu stark«, erläuterte sie, »hier können sie nichts hören.«

Der Imbisswirt stand ungerührt an seinem Fenster und sah teilnahmslos in die Nacht. Ich nickte der jungen Frau noch einmal verstehend zu, lächelte gequält, und weil ich mich genötigt fühlte, auch etwas zu sagen, sagte ich: »Ja, hier hört nur er uns, und das macht nichts – er hat sowieso schon alles gehört.« Der Imbisswirt reagierte nicht auf diesen jämmerlichen Versuch, ihn einzubeziehen. Sein Blick verlor sich irgendwo in der Müllerstraße. Sie sah erst mich, dann ihn misstrauisch an. Sie dachte nach, dann flüsterte sie: »Du meinst, er gehört dazu?« Der Imbisswirt wandte sich ab, er wirkte kein bisschen beunruhigt, aber zeigte auch weiter keinerlei Interesse, sich an unserer Konversation zu beteiligen. Er zog den Gitterkorb der Fritteuse nach oben und fischte die Boulette heraus. Ich fühlte mich zunehmend unwohl. Ich wollte nicht länger reden mit dieser Frau, also schien es mir als das kleinere Übel, eine andere Front aufzumachen. Scheiß auf die Etikette, dachte ich, dann fragst du eben: »Äh«, fragte ich also, »wieso ist denn die Boulette heute mit Fleisch?«, und genauer betrachtet war das eine dumme Frage, denn was ich ja vor allem wissen wollte, war, was da sonst immer drin ist, wenn Fleisch also der Ausnahmezustand für die hiesigen Bouletten ist. Aber es schien mir irgendwie weniger peinlich, nach dem offenbar unverhofften Fleischvorkommen zu fragen als umgekehrt.

»War 'ne falsche Lieferung heute«, sagte der Imbisswirt und hielt das offenbar für eine ausreichende Erklärung. Aus seiner Sicht war sie das vermutlich auch. Ich hätte es ja auch dabei bewenden lassen, wenn nicht die junge Frau mich so eingehend gemustert und sehr den Eindruck gemacht hätte, als wollte sie jetzt gleich wieder etwas sagen. Das aber wollte ich nicht hören, also setzte ich nach: »Ehrlich gesagt – ich dachte eigentlich, die Bouletten wären immer mit Fleisch.« Der Imbisswirt sah mich überrascht an und lachte auf. »Echt? Na, du bist ja lustig. Was meinst denn du, warum die Dinger hier nur 'n Euro fuffzich kosten?« Ich kam mir vor wie der Tourist in einer Geschichte des großen Döner-Literaten Frank Sorge, der nicht weiß, was er auf die Frage »Knoblauchkräuterscharf?« antworten soll. Ist das peinlich! Hier würde ich mich so schnell nicht wieder blicken lassen können. Zu allem Unglück schaltete sich nun auch noch die junge Frau ein: »Man kann sich aber schützen«, sagte sie. Dann zeigte sie auf ihre Mütze. Verschwörerisch raunte sie mir zu: »Alu-Folie! Wenn du deinen Kopf mit Alu-Folie abschirmst, reflektiert das die Strahlen! Dann können sie nichts mehr hören!«

»Auf die Pommes was drauf?«, fragte der Imbisswirt. Die Situation begann mich kommunikativ zu überfordern. Ich lächelte scheu zu der Frau, dann wandte ich mich wieder dem Imbisswirt zu: »Ja, Mayo bitte.«

Während er es aus der Plasteflasche protschern ließ, hakte ich noch einmal nach: »Woraus sind die Bouletten denn sonst immer? Tofu?« Er sah mich spöttisch an. »Willste mich verscheißern? Tofu-Bouletten? Sind wir hier 'n gottverdammter Veganer-Grill, oder was?«

»Ich glaube, es liegt an den großen Alu-Rollen«, sagte die Frau, »deswegen ist die Störstrahlung so stark hier.«

»Mensch, wenn die Dinger aus Soja wären«, führte der Imbisswirt aus, »dann würden die fünf Euro das Stück kosten. Das kannste vielleicht in Kreuzberg machen, aber doch nicht hier. Nee, was weiß ich, das hat natürlich schon irgendwas mit Fleisch zu tun, also, zumindest mit toten Tieren, wa?! Pressfleisch eben, Knorpel, Fett, Separatorenfleisch, keine Ahnung, ist ja allerhand dran an so 'nem Schwein, was weiß ich, was da so abfällt. Aber heute war'n die Teile aus echtem Hackfleisch, wa?! So richtig, wie vom Fleischer. Das siehste ja. Ist halt nicht jedermanns Sache, deshalb frag ich jetzt lieber vorher. Vorhin hat einer nämlich so 'n Teil zurückgehen lassen. Die ist total bröckelig, hat er gesagt, so was isst er nicht.«

»Die sind doch total verstrahlt«, mischte sich die Frau wieder ein. »Wir sollen das doch gar nicht merken, was die uns da verkaufen. Versuch's mal mit Alu-Folie!« Sie zog ihre Mütze hoch und hielt mir die Innenseite vor das Gesicht. Sie war tatsächlich fein säuberlich mit Alu-Folie ausgekleidet, das Licht der Laterne spiegelte sich darin.

»Hier essen oder mitnehmen?«, fragte der Imbisswirt.

»Mitnehmen!«

In aller Ruhe wickelte er das Papptablett erst in Packpapier, dann in Alu-Folie. Die junge Frau schaute mich herausfordernd an, als lauerte sie darauf, dass ich noch einen Nachschlag Alu-Folie verlangen würde.

Schnell legte ich die abgezählten Münzen auf den Tresen, nahm mein Päckchen, verabschiedete mich und ging. Als ich an die Ampel kam, an der ich vom Mittelstreifen auf die andere Seite der Seestraße zu wechseln pflege, drehte ich mich noch einmal um. Der Imbisswirt hatte sich zum Rauchen nach draußen begeben. Er stand jetzt direkt neben der jungen Frau. Ich sah seine Zigarette aufglimmen, als er einen tiefen Zug nahm. Dann setzte er seine weiße Imbissbuden-Kappe ab. Bildete ich mir das nur ein, oder blitzte es tatsächlich silbern-schimmrig auf, als er sie auf das Stehtischchen legte? Schaudernd machte ich mich auf den Weg nach Hause.

Auf der Sonnenseite

Es ist nicht so, dass es uns an Spätkaufs mangelt. Direkt gegenüber, auf der anderen Seite der Seestraße, ist einer. Direkt links um die Ecke, in der Lüderitzstraße, ist auch einer. Ein paar Schritte weiter die Lüderitzstraße runter ist noch einer. Direkt rechts um die Ecke, in der Togostraße, ist wahrscheinlich auch einer. Wahrscheinlich, weil ich mir nicht ganz sicher bin, ob das tatsächlich ein Spätkauf ist, weil er sich nach außen als Ayurveda-Studio ausgibt und die Frau, die dort steht, wirkt esoterisch, und vor esoterischen Frauen habe ich Angst. Deshalb habe ich mich noch nie in den Ayurveda-Spätkauf hineingetraut. Was aber auch gar nicht nötig ist, denn jetzt haben wir direkt im Nachbarhaus, auf unserer Seite der Seestraße, auch einen Spätkauf.

Er zog ein in das Ladenlokal des ehemaligen Sonnenstudios mit dem wenig originellen Namen *Sunshine*. Das begrüßte ich grundsätzlich zunächst, denn mit einem Spätkauf im Nachbarhaus kann ich hin und wieder durchaus etwas anfangen, mit einem Sonnenstudio dagegen nie. Das lässt mein Naturell nicht zu. Die esoterische Frau aus dem Ayurveda-Spätkauf würde dazu wahrscheinlich sagen, dass in meinem Körper der Geist eines Grottenolms haust. Weil sie damit vermutlich Recht hat, brauche ich aber weder Ayurveda-Zubehör noch Sonnenbänke.

Offenbar war der Bedarf an Sonnenbänken aber auch bei den anderen Grottenolmen, die in der Seestraße wohnen, nicht sehr ausgeprägt. Weshalb die Frau im *Sunshi-*

ne, eine Mittvierzigerin mit Metall in der Nase und in den Ohren und blondierten, auftoupierten Haaren und Fingernägeln, die sie fraglos auch zur Selbstverteidigung einsetzen könnte, zum einen als Stichwaffe, noch wirkungsvoller aber vermutlich zur Abschreckung aufgrund der beim unvorbereiteten Betrachter lähmendes Entsetzen auslösenden schockgrellen Färbung, weshalb die *Sunshine*-Frau jedenfalls ihr Geschäftsmodell auf »Sex-Toys für Frauen« ausgeweitet hatte. Eine kleine Armada von Plastik-Dildos, die perfekt mit ihren Fingernägeln korrespondierend gefärbt waren und von denen einer neonblau leuchtete, stand von da an im Eingangsbereich auf dem kleinen Tresen mit der Kasse.

Aber entweder war das Interesse der Weddinger Frauen an leuchtenden oder grellbunten Dildos nicht groß genug, oder sie mochten sie einfach nur nicht in einem Sonnenstudio kaufen, auf jeden Fall gab das *Sunshine* eines Tages auf und wich dem vom ganzen Block schon sehnlichst erwarteten Spätkauf. Endlich war Schluss mit dem nervenaufreibenden nächtlichen Wechsel auf die andere Seite der Seestraße oder gar in die Lüderitzstraße, endlich konnten auch wir also in Ruhe einkaufen, die Lebensqualität der Häuser Seestraße 596 bis 608 schoss in die Höhe.

Anfangs mussten wir uns noch ein bisschen zurechtruckeln, der Spätkauf, der selbstverständlich ergänzt wurde von einer Internet- und einer Billig-Telefonier-Funktion, und wir. Den Namen hatten sie einfach beibehalten, der Laden hieß also weiterhin *Sunshine*. Die Auswahl war zunächst noch recht eingeschränkt und bestand im Wesentlichen aus Bier, Spirituosen, Cola und Chips. Aber die jungen Türkischmigrationshintergründler, die das *Sunshine* als kleines Team leiteten, waren äußerst geschäftstüchtig. Als ich bei meinem ersten Besuch noch etwas ratlos vor den Regalen stand, fragte der Junge hinterm Tresen mich gleich, was ich suchte. Alkoholfreies Bier wollte ich haben, aus Gründen, die jetzt hier nichts zur Sache tun, das aber gab es nicht. Kein Problem, sagte der Spätverkäufer, ich sollte nur sagen, welche Marke, ab morgen hätte er das dann da. Ich schaute ihn misstrauisch an, aber er schwörte: »Ichschwöre.« Na gut. Ich bestellte *Jever Fun* und versprach, bei einem zukünftigen Versorgungsengpass in meinem Haushalt mal wieder danach zu schauen. Was mir für diesen Abend allerdings nicht viel nutzte. »Dann nimmstu eben Bier mit Alkohol, is auch gut«, sagte der Sonnenjunge, und damit hatte er ja eigentlich auch vollkommen Recht. Mit einem Sixpack *Urquell* unterm Arm verließ ich das ehemalige Sonnenstudio.

Als ich einige Zeit später mal wieder nicht genug eingekauft hatte und aber noch etwas alkoholfreies Bier wollte, versuchte ich erneut mein Glück. Und tatsächlich, *Jever Fun* war nun im Sortiment. Das sich überhaupt interessant entwickelt hatte, die Nachbarn hatten offenbar auch reichlich bestellt. Milch, Wurst und Käse waren ebenso verfügbar wie Katzenfutter, und auf dem Tresen lag eine Zeitung zum Verkauf aus. *Eine* Zeitung. Die *FAZ*. Erstaunt sah ich den diensthabenden Sonnenjungen an, er sagte: »Is gute Zeitung, willstu?« Aber mein Blick war schon zum Regal neben dem Tresen gewandert, auch dort standen erstaunliche Dinge: Vata-Massageöl, Balm – ätherischer Balsam aus Bienenwachs, ein Mandel-Vital-Drink-Puder. »Was ist das denn?«, fragte ich. »Is Ayurveda. Willstu? Welche Dosha-Typ bistu? Mit erhöhte Pitta?« Ich überlegte kurz, ob das eine Anspielung auf mein Gewicht war, beließ es dann aber dabei und beschränkte mich doch lieber auf *Jever Fun*. Beim Zahlen legte der junge Mann noch eine kleine Flasche *Kleiner Feigling* dazu: »Is von Haus. Kleiner Schnaps. Is ja nur alkoholfrei, was du da hast.« Dieser bezaubernden Logik hatte ich nichts entgegenzusetzen.

So spielten sich die Hausbewohner allmählich mit dem *Sunshine* recht gut ein. Ich zum Beispiel finde es sehr praktisch, jederzeit noch alles Nötige dort zu bekommen.

Und kundige Beratung gibt es gleich dazu. Als unverhofft eines Abends noch Besuch kam, holte ich rasch ein Sixpack *Urquell* vom *Sunshine*. Am Tresen wühlte ich ein bisschen im Portmonee, aber es waren nur zwei Fünfzig-Euro-Scheine darin. Das war dem Sonnenjungen nicht entgangen.

»Ey, Dicker« – es wird ein vertraulicher Umgangston gepflegt bei uns im Block – »wenn ich so viel Kohle hätte, würd ich mir doch kein Bier kaufen!«

»Nein?«

»Nein, hier – der Wodka hier. 70 Prozent ey, voll krass. Kommstu Krankenhaus, ichschwöre!«

»Äh, nein danke. Einfach nur das Bier.«

»Ey, wenn ich so viel Geld hätte, ich würd's kaufen. 70 Prozent! Voll Krankenhaus, ichschwöre.«

Bedauernd stellte er die Flasche zurück ins Regal. Dann gab er mir mein Wechselgeld und stellte noch ein kleines Fläschchen *Kleiner Feigling* dazu: »Is von Haus. Nur Bier, das bringt doch kein Spaß.«

Ich bedankte mich. Zum Abschied rief er mir noch hinterher:

»Willstu Ayurveda? Ich hab Pitta-Tee, mit Pergamon.«

»Mit Pergamon?«

»Ja, hier! Voll für inneres Körpergleichgewicht!«

Es war dann aber doch nur Kardamon, und für diesen Abend reichte mir mein Sixpack Bier fürs innere Körpergleichgewicht vollkommen aus.

Christenkröte

Seit bei uns im Vorderhaus eine Art Tempel eingerichtet wurde, ist es mit der Ruhe im Hinterhof vorbei. Anfangs hatte ich noch keine große Bedrohung in dem freikirchlichen Gemeinderaum irgendeiner Pfingstcharismatiker-Gruppe erkannt. Bislang war noch jeder Versuch, das Ladenlokal in unserem Haus zu kolonisieren, fehlgeschlagen. In kurzer Abfolge hatten dort hintereinander residiert: ein türkisches Restaurant, dann ein indisches, ein mexikanisches, dann wieder ein indisches, das jetzt aber zusätzlich Mexikanisch anbot, dann kam ein Türke, der dort ein deutsches Restaurant eröffnete, weil er das für eine bislang unentdeckte Marktlücke im Wedding hielt, das lief aber nicht so recht, womöglich, wie er meinte, weil er seine traditionell deutschen Gerichte wie Wurstbrot und Spaghetti Carbonara nicht halal anbot, ich glaube allerdings eher, weil sie einfach grauenhaft schmeckten, jedenfalls holte er dann zwischenzeitlich eine österreichische Mieterin unseres Hauses hinzu, die dort österreichische Küche anbot, was aber auch nicht klappte, sodass der Türke auf Italienisch und Pizza wechselte. Aus blanker Verzweiflung holte er, der streng gläubige Muslim, dann diesen ulkigen freikirchlichen Gebetsverein ins Haus, den er erst jeden Mittwoch bewirtete, und schließlich gelang es ihm, als ihm finanziell wegen der Miete schon das Wasser bis zum Hals stand, den frommen Leuten den ganzen Laden aufzuschwatzen. »Allah sei Dank, die Christen haben mich gerettet«, seufzte er erleichtert, als er sich von uns verabschiedete, nachdem er aus dem Knebel-Mietvertrag raus war. Und seither haben wir eben die Christen im Haus.

Bei meiner ursprünglichen Prognose, dass es nicht lange dauern könne, bis die auch wieder verschwinden würden, lag ich allerdings empfindlich falsch. Tatsächlich gelang es Prediger Martin und seinen Jüngern, den Laden so auf Vordermann zu bringen, dass er jetzt richtig brummt. Nun bieten sie im *Palmblatt* täglich eine Art Volxküche an, für drei Euro fünfzig gibt es einen Teller voll Hausmannskost, für wenig Geld wird auch Kuchen und Kaffee feilgeboten. Mancher Passant musste allerdings irritiert feststellen, dass es statt einem Keks Botschaften von Jesus zum Heißgetränk gab. Was das Weddinger Subprekariat allerdings nicht davon abhält, den Laden reichlich zu frequentieren, denn es schmeckt und es ist drinnen warm und trocken, dafür kann man sich schon auch mal ein bisschen was von Jesus anhören. Zumal die Geschichten letztlich wohl gar nicht so viel anders klingen als das, was sie sonst auf den Bänken am Leopoldplatz erzählt bekommen. Irgendwer glaubt, übers Wasser gehen zu können oder hat ein Kind nicht vom eigenen Mann gekriegt, sondern von einem ominösen Geist – die üblichen Storys halt.

So hat sich das *Palmblatt*-Café zum echten Kiez-Treff gemausert und vervollständigt die Ladenzeile unseres Häuserblocks auf kongeniale Weise. Es fügt sich nahtlos ein in die Reihe aus einem islamistischen Falafel-Dealer mit Koran-Suren an der Wand, dem Sonnenstudio-Spätkauf, dem Fachgeschäft für Killernieten und einer Shisha-Bar mit Spielautomaten, einem Café mit Spielautomaten, einer Cocktail-Bar mit Spielautomaten und einem Spielcasino mit Kaffee-, Shisha- und Cocktail-Ausschank mit dem interessanten Namen *Goldener Dreieck*. Eine richtige kleine Flaniermeile ist so vor unserer Haustür entstanden, und das Bemerkenswerte ist, dass die Gäste aller Läden sich kreuz und quer gegenseitig besuchen: Die Christen holen zwischendrin schnell mal eine Packung Salzstangen aus dem Spätkauf, der Falafel-Islamist trinkt in seiner Mittagspause Kaffee bei den Christen, der Killernieten-Verkäufer sitzt nach Feierabend am Spielautomaten im *Goldener Dreick*, und die Cocktail-Konsumenten kehren wiederum regelmäßig auf ein Stück Erdbeerkuchen bei den Jesus-Freaks ein.

Meinetwegen. Sollen sie alle machen. Dumm nur, dass die Christen zunehmend auch unseren Innenhof in Anspruch nehmen. Zuerst war es nur einer der Christen, die dort gelegentlich telefonierten. Vermutlich der Diskretion wegen, wenn er heikle seelsorgerische Gespräche führte. Das will er dann nicht drinnen machen. Und stellt sich deswegen genau vor mein auf Kipp stehendes Bürofenster. Daher weiß ich jetzt auch, wie pfingstcharismatische Lebenshilfe funktioniert. Es ist ganz einfach, wenn mal Bedarf besteht, kann ich jederzeit einspringen. Es geht nämlich so: »Er hat was mit einer anderen Frau angefangen? Du musst ganz fest an Jesus glauben, dann wird alles wieder gut.« »Er hat dich geschlagen? Schon wieder? Du musst nur ganz fest an Jesus glauben, dann wird alles wieder gut.« »Du bist pleite, euer Haus ist abgebrannt, und euer Sohn hängt an der Nadel? Sei nicht traurig, denn Jesus liebt dich so sehr.« Die Liebe von Jesus scheint recht eigenwillige Ausdrucksformen zu kennen.

Irgendwann neigte sich meine Geduld mit dem gläubischen Treiben allerdings dem Ende zu. Denn sie gingen hin und mehrten sich, und der Nachwuchs tollte fortan im Hof herum und machte sich die Müllcontainer untertan in Gestalt eines vielleicht sechsjährigen Jungen, der dort alleine herumspielte, vermutlich immer dann, wenn er das Gepredige und Gesinge drinnen nicht mehr ertragen konnte. Im Grunde hätte er damit meine Sympathie gehabt, wenn die elende Christenkröte nicht immer genau den Moment abgepasst hätte, den ich mal nicht am Schreibtisch saß und den Innenhof somit unter Sichtkontrolle hatte. Dann rollte er rasch die Müllcontainer vor mein Fenster oder vor unseren Hauseingang. Wieder und wieder. Und grinste mich unschuldig an, wenn ich später entnervt alles wieder an seinen Platz schob. Aber nicht mit mir, dachte ich, und leitete umgehend die Vertreibung aus dem Paradies ein. Wozu bin ich denn schließlich im tiefsten Westfalen aufgewachsen? Mit einem falschgläubigen Kind werde ich da doch wohl locker fertig.

Bei nächster Gelegenheit passte ich den Jungen also ab. »Hallo Kleiner!« Er guckte skeptisch zu mir hoch. »Soll ich dir mal ein bisschen was von Jesus erzählen?«, bot ich freundlich an. Seine Anspannung löste sich, er wirkte gelangweilt. Klar, so wird er vermutlich jeden Tag von wildfremden Leuten angesprochen. Aber ich hatte meinen Trumpf noch nicht ausgespielt. »Also, richtig von Jesus, nicht dieses weichgespülte Zeug wie bei euch, weißt du: Ich bin nämlich katholisch!« Er schaute mich erschrocken an. Ich lächelte maliziös. »Ich war sogar mal Messdiener. Im Dom! Mit Weihrauch und allem! Und wenn man da so mit dem Bischof ganz alleine in der Sakristei ... Also, ich kann dir da einiges erzählen ... Willst du nicht mal mit reinkommen ...?« Fluchtartig rannte er davon. Na also.

Jetzt gucke ich immer, wenn ich das Haus verlasse, kurz ins *Palmblatt*-Café. Wenn ich meinen kleinen Freund dort erspähe, blinzele ich ihm verschwörerisch zu. Seither ist endlich wieder Ruhe im Innenhof.

Fenster putzen

Weil ich durch das Fenster in meinem Parterre-Arbeitszimmer direkt auf den Innenhof und dort auf den Eingang zu unserem Hinterhaus schaue, bekomme ich tiefe Einblicke in das Leben der Mitmenschen, die ich mir nie gewünscht habe. Ich weiß zum Beispiel Sachen über den alten Hoppe zwei Stockwerke über mir, die kann ich hier gar nicht erzählen. Deshalb erzähle ich lieber von der attraktiven jungen Frau aus dem Ersten. Außerdem, seien wir ehrlich, schon rein optisch ist das ein interessanteres Betrachtungsobjekt. Ich meine: knappes Trägerkleid gegen Holzfällerhemd, was soll ich da groß erläutern. Der Herr Hoppe könnte sich ja ruhig auch mal etwas mehr Mühe geben. Vielleicht auch mal so ein Kleidchen tragen statt immer nur Plastiktüten mit Müll. Mein Gott, was der für einen Müll produziert! Und das muss ich jetzt aber doch mal sagen: Ich glaube, der trennt gar nicht richtig. Nie sah ich ihn das kleine, braune Bio-Eimerchen nach unten tragen. Würde mich nicht wundern, wenn die Mülltüten, die da immer in der braunen Tonne liegen, von ihm wären. Das weiß ich aber nicht. Bis in die Müll-Ecke kann ich vom Schreibtisch aus zum Glück nicht gucken.

So viele Mülltüten, wie Hoppe runterbringt, so viele Liebhaber schleppt das Trägerkleid zu sich hoch beziehungsweise ab. Ich bin dazu übergegangen, sie im Vorbeigehen unauffällig zu fotografieren. Man muss sich ja auch ein bisschen interessieren für andere. Wenn ich die Bilder nebeneinanderlege, bekomme ich einen schönen

Gesamteindruck vom Liebesleben meiner Obermieterin. OK, das ist vielleicht ... – ach, scheißegal, ich mag's halt. Dann hat man wenigstens auch Gesichter zu den Geräuschen der Nacht.

Allerdings lässt sich nicht ganz leugnen, dass im Lauf der Zeit die Bildqualität nachgelassen hat. In den letzten Monaten sieht man eigentlich nur noch vage Schatten auf den Fotos. Vielleicht müsste ich doch mein Fenster mal wieder putzen. Wobei: »Mal wieder« ist nicht der richtige Terminus. »Überhaupt mal«, das würde es präzise treffen.

Kann ja so schwer nicht sein, denke ich, hole den Staubsauger und unterziehe das Glas erst mal einer echten Grundreinigung. So, gleich viel besser. Ich bin überrascht, wie viel Licht plötzlich eindringt. Was haben die denn bloß immer – ist doch gar nicht so dunkel im Erdgeschoss-Hinterhaus. Einfach mal die Scheiben saugen! Für die Spinnen dagegen dürfte das ein ziemlicher Rückschlag gewesen sein. Wahrscheinlich wird eine zukünftige Spinnenzivilisation eines Tages ein Mahnmal errichten, darauf eingraviert das Datum des heutigen Tages: der Tag meines ersten Fensterputzes.

Trotzdem – so richtig sauber ist das immer noch nicht. Was tun? Ich könnte natürlich meine Mutter anrufen und sie bitten, mir zu erklären, wie man das macht. Die freut sich doch sicher, wenn sie mir ... obwohl, wer weiß. Möglicherweise könnte sie sich wundern und auf ungute Gedanken kommen, wenn ich sie fünfzehn Jahre nach meinem Auszug erstmals frage, wie man eigentlich Fenster putzt. Nicht, dass sie am Ende doch noch auf die Idee kommt, mich zu besuchen.

Andererseits, ohne mütterliche Hilfe ist dieses Problem nicht zu lösen, so viel steht fest. Aber wozu gibt es schließlich das Internet? Mutti fragen wäre gut, also tippe ich *www.frag-mutti.de* in den Browser ein, und tatsächlich, da haben wir es ja: »Putztipps für Fenster«, na also. Ich stöbere durch das Forum. Dass das Internet ein Treffpunkt für Abseitiges aller Art ist, wusste man ja. Aber *wie* abseitig manche Community ist, das mag man sich dann doch kaum vorstellen.

Fassungslos lese ich die hitzigen Diskussionen der Putzgemeinde. *Mandy* z.B. schreibt: »Ich habe einen guten Tipp für die Reinigung sämtlicher Glas- u. Spiegelflächen (natürlich auch Fenster), und zwar gibt man einen guten Schuss flüssigen Klarspüler vom Geschirrspülautomat ins Putzwasser (ohne Zusatz anderer Putzmittel) – das wirkt Wunder und hält den Schmutz nachhaltig fern. Ich war vom Ergebnis beeindruckt und man hat den ›absoluten Durchblick‹. Viel Spaß beim Frühjahrputz und Gutes Gelingen!« *Thomas* antwortet begeistert: »Habe den Klarspüler-Trick schon bei den Badfliesen ausprobiert, das geht wirklich super. Muss wirklich ein Teufelszeug sein....huiiii.... :-)« Auch *Iris* ist hin und weg: »Selbst zum Reinigen von Edelstahlspülen und Cerankochfeldern ist Klarspüler superklasse. Ich nehme den billgsten vom *Penny*, das spart echt Geld.« Aber es geht noch billiger. Ein Teilnehmer mit dem selbsterklärenden Namen *Der Scheibenputzer* schwört auf Folgendes: »Eine Zwiebel halbieren und in den Putzeimer legen. Und dann normal Fenster saubermachen. Jeder aus meiner Umgebung ist vollkommen begeistert.« Jeder aus seiner Umgebung? Offensichtlich frönen sie ihrem Fetisch nicht einmal im Verborgenen. Bizarr. Aber wie in jeder Nerd-Szene ist der hitzige Streit schnell da. *Cornelia* bemängelt: »Bei mir hat das nicht funktioniert. Schlieren und jede Menge Dreck noch nach dem Abziehen – trotz Zwiebel!« Trotz Zwiebel! *Der Scheibenputzer* verteidigt sich empört: »Du musst natürlich auch die Zwiebel vorher säubern!« Aber er kann die anderen nicht überzeugen. *Sarah*: »Ich glaube, dass es mit klar Wasser ohne Zwiebel keinen Unterschied gibt.« Die Stimmung im Putzforum wird aggressiv. *Tina die Putzmaus* hält nichts von Zwiebeln, sondern empfiehlt: »Einfach in den Wischeimer einen kleinen Schwung von eurem Haarschampoo.

Dann auf Sonne warten und staunen.« Das macht *Frank* endgültig fertig: »Fenster niemals!!!! mit Schampoo oder dergl. reinigen, der Schlier geht nur schlecht wieder runter.« *Isolde* meint: »Ich bekomme streifenfreie Fenster mit kaputten Damenstrumpfhosen.« *Putzengel* dagegen kann's noch sparsamer: »Immer noch zu favorisieren ist zusammengeknülltes Zeitungspapier.« Das letzte Wort hat *Sylvie*: »Alles Quatsch! Ich putze meine Fenster immer mit Schwarztee und war immer zufrieden.«

Ich gucke auf mein Fenster, die Sache wird mir allmählich umheimlich. Mit leichtem Schauder verlasse ich das Mutti-Putzforum und suche weiter im Internet nach Hilfe.

Dabei stoße ich ausgerechnet auf die *Bild*-Zeitung, die mir erklärt: »Putzen macht geil. Eine englische Studie hat ergeben, dass Frauen beim Putzen sexuell erregt werden. Frauen, die zehn Stunden pro Woche putzen, wollen mindestens einmal am Tag Sex. Ab 15 Stunden pro Woche nimmt die Erregung weiter zu. Frauen, die ihren Haushalt nicht alleine schmeißen, haben Probleme in ihrem Sexleben.«

Ich schlucke. Dann blicke ich die Häuserfront hoch. Die Trägerkleidträgerin über mir wischt mit Hochdruck über ihr Küchenfenster. Ich lese weiter: »Außerdem hatte jede fünfte getestete Frau beim Putzen sexuelle Fantasien und den Wunsch, dass sie bei ihrer Tätigkeit von einem erotischen Mann überrascht wird.« Aha. Blicke wieder hoch. Rufe: »Kukuk!« Frau ist überrascht. Zeigt mir aber den Vogel und knallt das Fenster zu. Blöde *Bild*. Blödes Putzen.

Draußen schlurft Hoppe im Holzfällerhemd vorbei und trägt schon wieder irgendwelche Mülltüten zum Container. Ich will das alles nicht mehr sehen. Ich mache das Fenster einfach wieder zu und bin froh, von all dem kaum was mitzukriegen. Nein, das Fenster lasse ich mal schön so, wie es ist. Man muss sich das Leben ja auch nicht unnötig schwer machen.

Menschenfischer

Unsere Hardcore-Christen werden wir wohl wirklich nicht so schnell wieder los. In ihrem *Palmblatt*-Café bieten sie inzwischen auch eine Rechtsberatung sowie eine Sozialsprechstunde an. Mit anderen Worten: Sie sind heimisch geworden im Wedding.

Menschenfischer sollen sie sein, das verlangte schon Lukas, und meine Vorderhauschristen nehmen ihre Sache wirklich ernst. Selbst der arabische Gemüsehändler von gegenüber, der in seinem Laden gerne mal »Tod den zionistischen Verbrechern«-Zettel sowie Flyer auf Arabisch verteilt, über deren Inhalt ich hoffentlich nie etwas erfahren werde, sitzt gerne auf den Bänken vorm *Palmblatt* und lässt sich für fünfzig Cent eine Tasse Kaffee servieren, die vom ursprünglichen, zugegeben noch originellen *Coffee to stay* längst zum missionarischen *Coffee to pray* mutiert ist.

Der Laden ist jedenfalls immer gut gefüllt. All diese Menschen lassen sich von den Missionaren bei Kaffee, Kuchen und Nudeln zuquatschen. Einem Teil der Besucher, die jüngst erst aus dem Libanon, aus Syrien, Kasachstan oder von sonst wo eingetroffen sind, wird es egal sein, die verstehen sowieso nichts. Die Nächsten sind zu betrunken, um sich daran zu stören, und dem Rest geht es wohl schlicht am Arsch vorbei. Eine perfekte Symbiose. Der Wirtskörper, die Kuchenchristen, stellt die Nahrungsgrundlage zur Verfügung und bekommt dafür von seinen Symbionten das Gefühl, im Dienste des Herrn irgendwie nützlich zu sein, weshalb beide Seiten am Ende profitieren. Im Prinzip also wie bei Seeanemone und Clownsfisch. Und Clowns, das sind sie zweifellos, unsere Missionare, fischig ja sowieso.

Direkt neben den Christen hat eine Bar aufgemacht. Eine Bar, die ich nicht verstehe. Sie gehört offenkundig dem sinistren Ägypter, der auch schon den Shoarma-Grill, eines der drei 23-Stunden-Casinos und zwei der 24-Stunden-Spätkaufs des Blocks besitzt. Der Ägypter jedenfalls taufte seine neue Bar auf den Namen *Wrocwaw*. Das könnte man womöglich als Missverständnis interpretieren oder als etwas geheimnisvoll Ägyptisches, was weiß man denn schon. Aber um erst gar keinen Zweifel aufkommen zu lassen, führt das *Wrocwaw* sowohl auf dem Namensschild als auch auf den Fensterscheiben das internationale Autokennzeichen-Signet Polens, also ein *PL* im EU-Sternenkreis, und schenkt polnisches Bier aus. Unser Ägypter hat also eine polnische Bar eröffnet. Eine polnische Bar, die – guter alter polnischer Tradition gehorchend – Schischas für nur zwei Euro anbietet. Und am Wochenende Transvestiten-Shows präsentiert. Erst dachte ich, ich hätte mich verlesen. Aber da stand wirklich »Jeden Samstag: Transvestiten-Show«. Vielleicht bedeutet »Transvestit« auf Polnisch etwas ganz anderes? Oder auf Arabisch? Aber ein samstagnächtlicher Blick durchs Fenster belehrte mich eines Besseren. Die Transen sahen aus wie Billigtransen in Billigfilmen, und so tanzen sie vor Schischa rauchendem und Bier trinkendem, reichlich herbeigeströmtem Weddinger Publikum in der polnischen Bar *Wrocwaw*. Wer während der Vorstellung Hunger bekommt, geht kurz nach nebenan zu den Pfingstchristen und lässt sich ein paar Verse aus dem Evangelium samt einem Salamibrötchen reichen. Die Welt ist schon ziemlich verwirrend manchmal.

Während der letzten Fußball-WM geriet die nationale Gemengelage dann völlig aus den Fugen. Immer gab es etwas zu feiern, nach jedem Spiel fuhr mindestens ein Autokorso freudig hupend über die Seestraße. Auf diese

Weise erfuhr ich zu meinem Erstaunen, dass es im Wedding offenbar sogar so etwas wie eine paraguayische Community geben muss.

Auch die *Wrocwaw*-Bar setzte ein Zeichen und lobte Freibier aus. Tatsächlich, Freibier. Oder, um die Kreidetafel wörtlich zu zitieren: »Freibier bei jedem deutschen Endsieg.« Der deutsche Endsieg! Ein alter polnischer Traum. Klug gewählt, ohne Frage. Und sicher von großer Werbewirkung. Aber nicht nur beim deutschen Endsieg lockte Freibier, sondern auch beim portugiesischen, wie darunter zu lesen war: »Freibier auch bei Endsieg von Portugal«. Was nun Portugal damit zu tun hat, muss vorerst ungeklärt bleiben. Weiß der Himmel. Beziehungsweise der Ägypter. Vielleicht hat der ja nur das *PL* falsch interpretiert und Portugal zugeordnet, woher soll er das auch wissen? Wir werden es nie erfahren.

Als ich unlängst nachts nach Hause torkelte, kam mir aus dem *Wrocwaw* ein junger Mann, nun ja, sagen wir medienkompatibel: südländischen Aussehens entgegen.

»Guten Abend«, begrüßte er mich ausgesucht höflich, »wo gibt es denn hier in der Gegend noch Frauen?«

Ich sah ihn verblüfft an.

»Wissen Sie«, erläuterte er, »ich bin heute Abend erst angekommen, ich bin hier zu einem Wochenend-Seminar im *Palmblatt*. Und jetzt würde ich gerne noch Frauen treffen.«

Ach, *solche* Frauen meinte er. Aber die sind doch um diese Uhrzeit längst im Bett, dachte ich ratlos. Das war ihm offenbar auch schon aufgefallen: »Das *Palmblatt* hat ja leider schon zu. Jetzt habe ich meinen Koffer erst mal bis morgen in der freundlichen Bar da abgestellt«, er zeigte hinter sich, er meinte tatsächlich das *Wrocwaw*. Freundlich? Herrjeh, kein Wunder, dass diese Christen immer an das Gute im Menschen glauben – sie sind offensichtlich blind. »Ich kenne mich hier ja nicht aus«, fuhr mein Gegenüber fort, »aber ich will noch ein bisschen was erleben, wenn ich schon mal hier in Berlin bin.

Irgendwo hier in der Nähe gibt es doch bestimmt noch Frauen!«

Ich war verwirrt. Was denn jetzt für Frauen? Er bemerkte meine Irritation und lächelte nachsichtig. »Na, Sie wissen doch schon: Frauen, Mädchen, ein bisschen Spaß, Sie verstehen?«

»Wie jetzt?«, entfuhr es mir, »Spaß mit Christenmädchen? Gebetskreis? Singen? Um diese Uhrzeit?«

Er lachte: »Nein, ficki-ficki natürlich, hier in Fußentfernung, muss es doch geben, ist doch Berlin!«

Ah. Ach so. Ich erklärte ihm den Weg zur *Triftsauna* in der Triftstraße. Die wirbt damit, dass dort »Eva Hausfrau«, »Luci Hot« und »Ramona Nymphe« auf Besucher warten: »Hier erlebst du Hausfrauen mal nicht hinter dem Herd, sondern in heißer Wäsche mit High-Heels und teilweise auch Straps und Strumpf«, wie ein Schild im Schaufenster mit einem rätselhaft pedantisch wirkenden »teilweise« verheißt – oder gibt es in der Kundschaft auch Straps-Gegner, die sonst nicht kämen? Das sind ja so Fragen, über die man eben nachdenkt, wenn man immer mal an so einem Aushang vorbeigeht. Mehr wusste ich allerdings nicht über den Laden, aber meinem Gesprächspartner genügten die Informationen offenbar völlig.

»Haben Sie Lust mitzukommen?«, fragte er mich etwas überraschend, aber ich lehnte dankend ab. Bevor er Richtung Triftstraße losging, fragte ich ihn in einer Aufwallung von Nächstenliebe noch, ob er jetzt allen Ernstes bis morgen seinen Koffer im *Wrocwaw* lassen wolle, aber er lächelte nur und sagte: »Man muss den Menschen trauen. Der Herr weist uns den Weg.« Dann bedankte er sich freundlichst, reichte mir die Hand zum Abschied und lief los Richtung Triftstraße. Der Menschenfischer ging auf Beutezug. Den Weg allerdings hatte nicht der Herr ihm gewiesen, sondern ich. Wenn uns das mal nicht noch allesamt ins Fegefeuer bringt.

Tauwetter

Draußen taut es. Im Innenhof ist ein kleiner Körper aus den Schneemassen ans Tagelicht getreten. Eine Ratte. Wochenlang tiefgefroren, unter Schnee begraben, nun ragt sie schon zur Hälfte aus dem Eis. Der Ötzi der Seestraße 606.

Im Briefkasten liegt ein Brief. Ich bin erstaunt. Denn der Brief ist ohne Absender und nicht mal in einem Briefumschlag, der Brief ist genau betrachtet ein Zettel, und auf dem wird zur Revolution aufgerufen. Wir, das Volk der Seestraße 606, sollen uns erheben gegen den Tyrannen, die Hausverwaltung *Z.B.-Immobilien.* Die nämlich, so erfahre ich in der anonymen Brandrede, verlange hohe Mieten, aber kümmere sich nicht um ihre Aufgaben. In der Folge verkomme das Haus, und man traue sich schon gar nicht mehr, Besuch einzuladen.

Ich bin verwundert. Dieses Schreiben wirkt nicht authentisch. Erstens: welche hohen Mieten? Oder hat sich das kürzlich aus Westdeutschland zugezogene Girl's Camp im dritten Stock betuppen und sich den Wedding als Mitte andrehen lassen? Ansonsten wirkt die Aussage mit den hohen Mieten nämlich eher so wie die eines Querulanten beim *Lidl* in der Müllerstraße am Regal mit den Fleischabfällen, der sich lauthals im Selbstgespräch beschwerte: »Für das Geld kann man ja wohl auch Qualität verlangen!« Und zweitens: wieso Besuch einladen? Wer käme denn hier auf die Idee, Besuch einzuladen, der sich daran stören könnte, wie es hier aussieht?

Das Schreiben listet diverse Skandale aus der jüngeren

Hausgeschichte auf. Einen Ausfall der Flurbeleuchtung, für den wir 1 % unserer Miete einbehalten sollen, was durch irgendwelche Gerichtsurteile, die gleich dazu zitiert werden, gedeckt sein soll. Der Lichtausfall war mir auch aufgefallen, und zwar vor allem deshalb, weil er überraschend schnell behoben worden war; am Sonntagnachmittag blieb es dunkel, am Freitagmittag war es schon wieder hell. So etwas ist eigentlich nicht üblich hier. Ich hatte kurzzeitig schon Angst, dass es vielleicht doch allmählich losgeht mit der Gentrifizierung.

Weitere Vorwürfe folgen: Es liege Müll herum (2 %), die Müllabfuhr komme nicht regelmäßig (4 %). Es gab einen Tag lang kein Wasser (1,5 %). Die Haustür schließt nicht richtig (1 %). Das Wetter im Innenhof ist schlecht (3 %). So was halt. Wir werden deshalb aufgefordert, unsere Miete zu mindern oder nur unter Vorbehalt zu zahlen. Wie gesagt: Ein Hauch von Umsturz liegt in der Luft.

Aber wer von den Hausbewohnern könnte hier den Aufrührer im Untergrund geben? Ich bin ratlos. Ist das Schreiben politisch motiviert? Immerhin wird die Hausverwaltung von einem Herrn mit türkisch klingenden Namen angeführt. Sind das schon die Folgen der immer exzessiveren Islamkritik? War Henryk M. Broder bei uns am Briefkasten? Oder waren es gar die Christen aus dem *Palmblatt*-Café im Vorderhaus? Die sind immerhin missionarisch. Wollen sie auf diese Weise die Moslems zurückdrängen? Andererseits: Wäre das nicht ein wirklich berechtigter Mietminderungsgrund, dass die da vorne im Haus residieren – mindestens 10 % für die Halleluja-Chöre, die durchs Fenster in den Innenhof dringen? 5 % für die Jesus-Filme, die sie vorne im Schaufenster laufen lassen? *Das* ist peinlich, wenn mal Besuch kommt!

Wer sonst könnte das seltsame Schreiben verteilt haben? Hoppe scheidet aus, der kann nicht mal schreiben. Das Künstlerpaar scheidet aus; ich sehe durch mein Schreibtischfenster, wie es kopfschüttelnd den Brief in den Altpapiercontainer wirft. So macht es auch ein weiterer Hausbewohner nach dem anderen. Langsam wird es eng. War es doch Robert Rescue, unser Hartz-IV-Bezieher aus Leidenschaft? Haben sie ihm das in seiner letzten Maßnahme vom Jobcenter beigebracht? Ist das deren neuster Trick zum Sparen bei den Hartz-IV-Bezügen, dass sie die Kunden einfach anhalten, die Miete zu mindern, damit der Staat weniger Wohnungskosten übernehmen muss? Ich werde ihn im Auge behalten.

Ich kann das Rätsel letztlich nicht lösen. Nur eines ist klar: Wir haben einen Querulanten im Haus. Eine undichte Stelle. Einen Maulwurf.

Mein Blick fällt auf die inzwischen gänzlich aufgetaute tote Ratte. Direkt dahinter ist der Innenhofgletscher zu einem beachtlichen Berg aufgetürmt. Da könnte durchaus noch ein ganzer Mann im Eis eingeschlossen sein. Vielleicht ein Mitarbeiter der Kammerjägerfirma *Rentokill*, die seit Jahren im Auftrag der Hausverwaltung einen vergeblichen Kampf gegen die Nagetiere der Umgebung führt, von der wir jetzt aber schon auffällig lange niemanden mehr gesehen haben, wie das Aufrührerschreiben bemängelt (Schädlingsbefall, 2 %). Das ist vielleicht gar nicht die Schuld der Hausverwaltung. Vielleicht ist die letzte Runde einfach unentschieden ausgegangen. Wenn es weiter so taut, wird der Mann morgen frei im Hof liegen. Ich denke, dafür ist dann aber wirklich eine ordentliche Mietminderung fällig.

Walpurgisnacht

Erstaunt stehe ich vor einem dieser großen, grauen Kästen, die überall herumstehen und in denen irgendwas mit Strom oder Telefon drin ist. Auf diesem Kasten hier, mitten auf dem Mittelstreifen der Seestraße, prangt ein neues Plakat: In zeitloser Optik prangt eine weiße Faust auf schwarzem Grund, in roter Schrift steht daneben: »Nimm, was dir zusteht!«

Ach, mir wird ganz warm ums Herz. Lange nicht mehr gesehen: echte Autonomen-Folklore. Was dem Bayern Oktoberzelt und Lederhose und dem Rheinländer der Rosenmontag, sind dem Berliner bekanntlich seine putzigen Antikapitalisten samt zugehörigem Umzug, der hier traditionell am Mai-Feiertag abgehalten wird. Man muss die Feste eben feiern, wie sie fallen. Und im fortgeschrittenen Frühjahr ist es auf jeden Fall erheblich wärmer als beim doch oft ungemütlich kalten Karneval, da haben die Autonomen durchaus einen Sinn fürs Praktische bewiesen.

Was mich allerdings irritiert, ist die Ortsangabe auf dem Plakat: Geladen wird zur Molotowcocktailparty anlässlich der Walpurgisnacht diesmal nicht nach Prenzlauer Berg oder Friedrichshain, sondern, tatsächlich, in den Wedding. Was wollen die denn hier?

Sie wollen, so entnehme ich später einem Aufruf, gegen die Gentrifizierung demonstrieren. Da ist es natürlich klug, dorthin zu gehen, wo es noch gar keine Gentrifizierung gibt. Quasi prophylaktisch. Es gebe allerdings, informiert mich der Aufruf, deutliche Anzeichen für Gentrifizierung auch im Wedding. Das würde mich ja mal etwas genauer interessieren. Was meinen die bloß?

Zum Essen bin ich mit Bernhard im *Saray* verabredet. Ich berichte ihm von der bevorstehenden revolutionären Walpurgisnacht.

»Die nennen das wirklich Walpurgisnacht?«, wundert er sich, »das Wort kennt hier doch keine Sau!«

In der Tat, hier scheint ein gewisser Zielgruppenkonflikt zu herrschen. Dabei ist der Aufruf zur Walpurgisnacht Wedding sogar eigens auch in Türkisch, Arabisch und noch irgendwelchen Sprachen gehalten. Walpurgisnacht. Dafür gibt's doch auf Arabisch bestimmt gar kein Wort. Na ja, wer weiß, was da in Wirklichkeit steht. Vielleicht ja tatsächlich was gegen Gentrifizierung. Ich frage Ahmed, der uns ein Bier bringt: »Steht da was von Walpurgisnacht?«

Er staunt.

»Was ist Walpurgisnacht?«

»Walpurgisnacht ist gegen Gentrifizierung«, informiert Bernhard ihn gelangweilt.

»Was ist Gentrifizierung?«, fragt Ahmed.

»Gentrifizierung ist, wenn Leute mit Geld hierher ziehen.«

»Das ist gut!«, sagt Ahmed, »wenn Leute mit Geld herziehen, können wir mehr Döner verkaufen. Aber hier ist niemand mit Geld. Hier ist Wedding.« Wir zucken mit den Schultern.

Der türkische Satz auf dem Flugblatt lautet dann übrigens doch nur »Gegen soziale Diskriminierung und rassistische Provokation«, übersetzt Ahmed für uns. Gegen die Gentrifizierung sollen offenbar nur die Deutschen demonstrieren, wahrscheinlich, weil der türkische und arabische Teil der Bevölkerung gar nichts gegen ein kleines bisschen Gentrifizierung hätte, wenn man sie denn fragen würde.

»Gentrifizierung!«, knurrt Ahmed, »wo soll denn hier Gentrifizierung sein?«

»Vielleicht«, mutmaßt Bernhard, »das *L'Escargot*? Da gibt es wirklich gutes Essen!«

»Na ja«, gebe ich zu bedenken, »aber das *L'Escargot* gab es 1991 auch schon, als ich hier hergezogen bin.«

»Aber da hieß das noch nicht Gentrifizierung«, beharrt Bernhard, »da hieß das noch gutes Essen.«

»Hier auch gutes Essen!«, merkt Ahmed zu Recht an, »aber hier nicht Gentrifizierung.« Kopfschüttelnd verlässt er unseren Tisch.

Im *Tagesspiegel* ist die Route des Demonstrationszugs veröffentlicht. Sie verläuft direkt über die Müllerstraße und dann noch etwas durch die umliegenden Wohngebiete. »Scheiße«, knurrt Bernhard, »das ist direkt auf meinem Nachhauseweg vom *Café Cralle*. Und das vorm 1. Mai, ist doch Feiertag! Da hört der Spaß aber mal auf, wenn dann alles abgesperrt ist wegen den antikapitalistischen Kasperln und ich nicht nach Hause komme!«

Ich bin auch nicht sicher, ob der Bewegung hier sehr viel Sympathie entgegenschlagen wird. Gut, sie rechnen wahrscheinlich gar nicht groß damit, dass Weddinger bei der Party mitmachen. Dafür spricht auch der Treffpunkt: S-Bahnhof Wedding. Praktisch die Direktverbindung nach Friedrichshain/Kreuzberg.

Ein weiterer Flyer empfiehlt den Teilnehmern, vermummt zu erscheinen. »Und dann …«, gibt sich der Zettel geheimnisvoll, aber das Rätsel ist nicht sehr schwierig, das beigefügte Foto von Steine werfenden Vermummten lässt die Intention auch den ungeübten Betrachter leicht erraten.

»Walpurgisnacht«, knurrt Ahmed im Vorbeigehen noch einmal in unsere Richtung, »ist das nicht das vorm 1. Mai, wo die immer alles kaputtmachen?«

»Genau, so will es der Brauch«, erläutern wir und zeigen ihm den gelben Flyer.

Ahmed schaut verständnislos: »Aber hier ist doch schon alles kaputt. Warum gehen die nicht nach Prenzlauer Berg?«

Wir wissen es nicht. »Vielleicht ist die Party insgesamt nicht mehr so angesagt wie früher und sie hoffen auf Verstärkung durch Weddinger Jugendgangs?«, spekuliere ich.

»Aber woher wollen die denn wissen, dass die da mitmachen?«, erwidert Ahmed, »das sind doch alles Türken und Araber! Die lassen sich doch nicht von aus Westdeutschland zugezogenen Friedrichshainern vorschreiben, wann sie hier zu randalieren haben! Außerdem spielt an dem Abend Galatasaray gegen Beşiktaş in der Süper Lig, da sitzen sowieso alle vorm Fernseher.«

Ich denke, wir bleiben gelassen. Der Weddinger Bevölkerung wird der merkwürdige Aufzug in der Nacht zum 1. Mai so egal sein wie alles andere auch. Auf ein paar Verrückte mehr kommt es hier letztlich nun wirklich nicht an, viel Schaden können sie ohnehin nicht anrichten. Und Bernhard wird vom *Cralle* schon irgendwie nach Hause kommen. Ansonsten bleibt er halt da, wäre ja auch nicht das erste Mal.

Das Einzige, was mich dann doch durchaus ernsthaft besorgt: Geboren wurde die antikapitalistische Walpurgisnacht im Prenzlauer Berg, danach marodierte sie durch Friedrichshain. Ergebnis: Beide Bezirke sind inzwischen total gentrifiziert.

Sind es gar nicht, wie immer behauptet wird, die Künstler, die Hipster, die Studenten, die die Speerspitze der Gentrifizierung bilden? Sind es am Ende die revolutionären Antikapitalisten, die den Boden bereiten, die eine Gegend erst aufregend und interessant machen, sodass sich anschließend mit dem üblichen Zeitverzug der Rattenschwanz an Nachfolgern dorthin begibt? Ist nicht so eine antikapitalistische Walpurgisnacht bereits vollendete Gentrifizierung im Miniaturformat: Eine Bande neunmalkluger Zugereister fällt über einen Kiez her, weiß alles besser, macht den dicken Maxe und sorgt dafür, dass sich garantiert kein einziger Einheimischer in der Nähe blicken lässt? Aber dass dafür die ganze Gegend groß in die Medien kommt? Und andere erst richtig auf sie aufmerksam werden?

Ich hoffe nur, der Wedding ist stärker. Mein Blick fällt durch die Scheibe des *Saray* auf die große Leuchtreklame mit dem neuen Namen vom ehemaligen *Imbiss zur Mittelpromenade* direkt gegenüber. Mehrfach schon habe ich darüber nachgegrübelt, was das wohl bedeuten mag. Ob sich da schon einer auf die neuen autonomen Besucher eingestellt hat? Auf knallig gelbem Grund leuchtet der Schriftzug über die Müllerstraße: *You kill it, we grill it.* Dann mal einen schönen Tanz in den Mai, liebe revolutionäre Antikapitalisten.

Internationaler Führerschein

»Also, es ist alles ganz einfach«, versicherte der Mann vom Reisebüro, »wenn Sie in Chile angekommen sind, gehen Sie im Flughafen von Santiago einfach zum Schalter der Mietwagenfirma, legen da diesen Gutschein, Ihren Pass, den Führerschein und den Internationalen Führerschein vor, und dann können Sie direkt den Wagen in Empfang nehmen.«

Das klingt gut, dachte ich. Also, Gutschein nicht vergessen, Pass und Führerschein habe ich ja eh in der Tasche, und den – was? Erstaunt sah ich ihn an: »Den Internationalen Führerschein? Gibt's das Ding überhaupt noch?«

»Ja, steht hier. Den brauchen Sie zur Übergabe.«

»Wieso das denn? Was will denn die Mietwagenfirma damit?«

»Keine Ahnung. Steht hier halt.«

Der Internationale Führerschein. Das nutzloseste Papier der Welt, gleich nach dem Stimmzettel für die Bundespräsidentenwahl und Büchern von Thilo Sarrazin. Kein Mensch braucht einen Internationalen Führerschein. Ich reise seit rund zwanzig Jahren durch alle Welt, immer hatte ich den Internationalen Führerschein dabei, und noch nie, nicht ein einziges Mal, hat das Ding jemand sehen wollen. Bei meinen allerersten Reisen, als ich noch unerfahren war, hatte ich es ein paarmal vorgezeigt und damit jedes Mal Achselzucken oder Kopfschütteln provoziert, einmal auch helle Aufregung, weil der Polizist im ecuadorianischen Amazonastiefland bereits die Führerscheine von Hunderten deutscher Touristen begutachtet hatte und also wusste, wie so ein Dokument in Wirklichkeit auszusehen hat. Aber was ich ihm da vorhielt, so was hatte er noch nie gesehen, da musste ich erst mal mit zur Wache kommen. Erst ein Machtwort des dortigen Stationsvorstehers und eine eingehende Überprüfung des nationalen Führerscheins ermöglichten schließlich, dass wir weiterfahren durften, trotz des dubiosen, offensichtlich ja in betrügerischer Absicht vorgezeigten Papiers. Seither habe ich den Wisch immer schön stecken lassen, hatte ihn allerdings zur Vorsicht noch lange Zeit dabei, weil er offiziell in manchen Ländern eben Pflicht ist. Vermutlich irgendein historischer Anachronismus. Falls er überhaupt je für irgendwas gut war. Zum Autofahren jedenfalls nicht, denn mit dem Teil allein darf man sich ohnehin nicht auf die Straße wagen, es gilt per definitionem nur in Verbindung mit dem nationalen Führerschein.

Der Mann vom Reisebüro beharrte aber darauf, dass er nicht garantieren könne, ob mir der Wagen in Santiago ohne einen Internationalen Führerschein ausgehändigt würde, und dann hätte ich keinen Anspruch auf Erstattung der Mietkosten. Ich seufzte.

Ich hatte keine Ahnung, wo mein Internationaler Führerschein sein könnte. Ich dachte nach. Ach verdammt, letztlich war es ganz egal, wo der rumlag, das Ding war sowieso längst abgelaufen. Und am übernächsten Tag wollten wir starten. 36 wertvolle Stunden, und eine unkalkulierbare Anzahl davon sollte ich nun für einen Behördengang opfern. Eine schnelle Internetabfrage zu Hause bestätigte meine schlimmsten Befürchtungen: Zuständig ist das Bürgeramt Wedding.

Das Bürgeramt Wedding! Mit Grausen erinnerte ich mich an meinen letzten Besuch dort. An stundenlanges Warten in einem Saal, der eher an ein Flüchtlingscamp erinnert. An ein wahnwitziges Anmeldesystem, bei dem man erst ewig an einer Schlange anstehen muss, um an einen Schalter zu kommen, an dem man sein Anliegen vorbringen kann und dann überhaupt erst einmal die Erlaubnis bekommt, eine Wartemarke ziehen zu dürfen. An einen absurden Kassenautomaten, den sie irgendwo im Keller in einem ganz anderen Gebäude versteckt haben und den man nur über ein verwirrendes Labyrinth von Gängen erreicht. An eine Bürgeramtsmitarbeiterin, die mich in einer Tour ausgeschimpft hat, weil ich gottweißwas falsch ausgefüllt hatte. 36 Stunden nur noch – das würde knapp.

Derart von qualvollen Erinnerungen gepeinigt, traute ich dann meinen Augen kaum, als ich auf der Homepage des Bürgeramtes von der Möglichkeit las, sich via Internet einen Termin geben zu lassen. Konnte das sein? Wäre es möglich, dass die in den letzten Jahren irgendwas in Richtung Kundenfreundlichkeit ... Mit vor Aufregung zitternden Fingern klickte ich den Link an, gab meine Angaben in das Formular ein, drückte ab und wartete. Und wartete. Und wartete weiter. Ein Mailerdemon verkündete mir schließlich, dass das Postfach des Bürgeramtes leider übergelaufen sei, ich solle mich mit dem Administrator der Seite in Verbindung setzen. Haha! Der Administrator der Homepage vom Bürgeramt Wedding. Guter Vorschlag. Ich kicherte irre.

Am Freitag trat ich meine Mission an. Bis zwölf Uhr hat das Bürgeramt Sprechstunde, ich erschien um acht und reihte mich resignierend in die Schlange der Wartenden vor dem Info-Schalter ein. »Internationaler Führerschein?«, fragte der Mann dort, als ich schließlich endlich drankam, »was wollnse denn damit? Das braucht doch kein Mensch.« Traurig sah ich ihn an. »Doch, ich brauche das«, seufzte ich. »Hamse denn alles dabei?« Er ließ sich tatsächlich alles zeigen: Führerschein, Ausweis, Passbild. Vorher gibt es keine Wartemarke. Damit die wertvolle Zeit der Sachbearbeiter nicht von Leuten geraubt wird, die den hohen Anforderungen nicht gewachsen sind. Die nicht würdig sind, bis zum richtigen Schalter vorgelassen zu werden. Richtig so! Survival of the fittest, hier im Bürgeramt Wedding, da gilt noch das eherne Gesetz der natürlichen Auslese. Ich aber war Profi, ich war vorbildlich vorbereitet. Neidisch schauten die Weddinger hinter mir in der Schlange auf mich. Mindestens die Hälfte von ihnen würde wahrscheinlich hier bereits abgewiesen. Ich aber hatte die erste Hürde bewältigt, ich erhielt das Privileg, eine Wartemarke ziehen zu dürfen. Ganz berauscht von meinem Erfolg setzte ich mich zu den anderen Auserwählten. Wir waren die Elite des Bezirks! Jetzt ging alles überraschend schnell. Schon etwa drei Stunden später kam ich dran.

Ich war gerade auf dem Weg in die Schalterhalle, als ich einen Tumult, lautes Jammern und Wehklagen aus dem Eingangsbereich hörte. Elf Uhr. Da wird die Wartemarken-Ausgabe beendet. Wer jetzt noch in der Schlange steht, hat die letzten Stunden vergeblich dort verbracht, der wird unverrichteter Dinge wieder nach Hause geschickt. Schaudernd wandte ich mich ab von den Bildern des Elends.

Das Bürgeramt Wedding ist ein Großraumbüro. Jeder Mitarbeiter sitzt hinter seinem Schreibtisch, mit einigen Stellwänden wird so etwas wie Privatsphäre simuliert. Ich trat an Schalter fünf, den mir zugewiesenen. Eine etwa fünfzigjährige, stämmige Frau saß dahinter und musterte mich misstrauisch. Hinter ihr stand ein Radio, aus dem ganz leise *Radio Paradiso* zirpte. Genau so leise, dass es nicht mehr bis zum nächsten Mitarbeiter am Schreibtisch daneben drang. Denn der hat sein eigenes, leise vor sich hin zirpendes Radio. Aus dem, sofern ich das jetzt richtig wahrnahm, ebenfalls *Radio Paradiso* drang.

»Wieso kommense so spät?«, begrüßte die Frau mich vollkommen angemessen. Ich war entzückt. Ich war in ein Original-Berliner-Schutzgebiet geraten, völlig unbeleckt von allen Modernismen wie aufgesetzter Freundlichkeit und irgendwelchen albernen Service-Gedanken. Ich fühlte mich gleich um zwanzig Jahre jünger.

»Und was wollnse überhaupt hier?«, blaffte die Frau weiter, während ich vor Behaglichkeit schnurrte: »Einen Internationalen Führerschein.«

»Wat wollnse?«, fragte die Frau. Großartig. Ob die extra geschult werden dafür? Vom Amt für Denkmalschutz?

»Den Internationalen Führerschein«, wiederholte ich und spürte, wie meine Laune sich stetig besserte. Man musste es einfach andersherum sehen. Im Grunde hatte meine Reise schon begonnen. Klar, Chile, das würde sicher spannend werden. Aber mehr Exotik als dieses aus der Zeit gefallene Büro – die Frau hatte tatsächlich einen waschechten Gummibaum an ihrem Platz stehen, um nicht zu sagen: zu stehen! –, mehr Exotik und Abenteuer würde Südamerika auch nicht bieten können.

»Wat wollnse denn mit *dem* Ding?«, flötete die Weddinger Indígena mir entgegen, und fröhlich erwiderte ich: »Ich reise morgen nach Südamerika, da braucht man so was.«

»Quatsch«, schimpfte die Dame, »wat solln die denn damit? Das Ding braucht kein Mensch, nicht mal in Südamerika oder in Timbuktu!« Großartig, sie war wild entschlossen, mir das ganze Programm zu bieten. Ich wand mich vor Vorfreude, als ich lächelnd antwortete: »Doch, doch, ich brauche das.«

»Und morgen wollnse los, oder was, und dann wollnse das womöglich jetzt sofort mitnehmen, oder wie?« Sie sah mich streng an.

»Ganz genau!« Ich strahlte. Sie holte tief Luft.

»Und damit kommse mir eine Stunde vor Schluss hier an? Junge, Junge, was glaubense denn, wo wir hier sind!«

»Auf Ihrer Homepage steht, dass es den Internationalen Führerschein gleich zum Mitnehmen gibt!«

»Wasn für ne Homepage?«

»Im Internet!«

»Ach, dit Internet. Glaubense mir, junger Mann, da steht ne Menge drin in diesem Internet! Allerhand sogar!

Dis solltense nu wirklich nich alles für bare Münze nehmen.«

»Im Internet, auf der Seite des Bürgeramtes Wedding, auf Ihrer Seite, steht, dass es den Internationalen Führerschein gleich zum Mitnehmen gibt!«, beharrte ich.

»Junger Mann, wollnse mir verarschen? Im Internet steht auch, dass se hier im voraus Termine per Mehl kriegen.«

»Ja, stimmt, das habe ich auch probiert, aber das funktioniert gar nicht.«

Sie sah mich entgeistert an. »Junger Mann, sindse neu hier? Wo kommse denn her ...?«, sie schaute auf meinen Ausweis, »... aus Münster? Ach, wie die Spaßvögel vom *Tatort*. Na, Sie sind wohl auch so'n ganz Lustiger, wa? Behördentermine per Mehl, Mann, Mann, Mann, wo lebense denn?« Ich wand mich vor Wonne. Richtig so!

»Gib mir mehr davon!«, wollte ich schon rufen, fragte dann aber lieber doch: »Was ist denn nun? Ich brauche das blöde Ding wirklich heute, sonst kriege ich morgen in Chile kein Auto, der Vermieter dort will das nämlich sehen, warum auch immer, das steht da aus irgendwelchen Gründen in den Vorschriften.«

Sie schüttelte nur mit dem Kopf, knurrte irgendwas in Richtung »Sachen gibbet, also echt«, dann sagte sie: »Kost aber 20 Euro.«

Na also. Ich wollte mich gerade aufmachen zu dem legendären, mystischen Kassenautomaten, da fiel mein Blick auf ein großes Schild auf dem Schreibtisch der Frau. Ich verschluckte mich fast vor Schreck: »Wir akzeptieren gerne Ihre EC-Karte«, stand dort. »Gerne«! Fast hätte ich mein Gegenüber gefragt, ob ich tatsächlich bei ihr mit Karte bezahlen kann, aber jetzt allmählich mussten wir das hier mal zum Abschluss bringen, die Zeit für die zweifellos folgende Könnse-nich-lesen? Was-meinse-wohl-wozu-das-Schild-da-steht-Orgie sollte ich uns doch besser ersparen, denn die magische 12-Uhr-Marke nahte. High Noon, bis dahin mussten wir hier fertig sein, wer weiß, was sonst passieren würde. Also legte ich ihr einfach die Karte vor.

Sie starrte mich ungläubig an.

»Wat soll das denn?«

»20 Euro! Sie sagten, es kostet 20 Euro.«

»Ja, und? Was wollnse dann mit die Karte hier? Ick bin doch keene Bank! Gehnse ma lieber langsam los zum Kassenautomaten, bald is hier Feierabend nämlich!«

Ich deutete auf das Schild, das direkt vor ihr stand. Sie drehte es zu sich um, studierte es eingehend mit hochgezogenen Brauen, schüttelte kurz verständnislos mit dem Kopf und murmelte: »Jetzte drehnse alle durch.« Dann wendete sie sich wieder mir zu: »Dit tut's sowieso nich.«

»Ist die Maschine kaputt?«, fragte ich.

»Was'n für 'ne Maschine? Die einzige Maschine hier ist der Kassenautomat. Da müssense bezahlen. Dafür isser ja da. Oder was glauben Sie, wofür wa dit Monstrum ham?«

Ich seufzte. »Steht das Ding immer noch in diesem Nebengebäude ...?«

»Ganz genau. Und jetzte machense mal hin, viel Zeit hamse nich mehr, und der Weg is weit. Verlaufense sich ja nich, da ist jetzt so ne Baustelle zwischen. Folgense einfach den Schildern.«

Ich rannte los. Der Kassenautomat des Bürgeramtes Wedding steht bestimmt auch unter Denkmalschutz. Aus irgendeinem Grund dürfen die Bürgeramtsmitarbeiter das Geld nicht selbst annehmen. Warum auch immer. Wahrscheinlich eine Regelung aus einer Zeit, als man noch Internationale Führerscheine brauchte. Man muss also zu diesem Kassenautomaten, um dort das Geld einzuzahlen, dann bekommt man einen Bon, mit dem man zum Schalter zurückgeht, um ihn dort abzugeben. Der Kassenautomat steht aber natürlich nicht in der Schalterhalle. Oder davor. Oder im Wartesaal. Der Kassenautomat steht in einem Nebengebäude, das man erreicht, indem man erst durch den Wartesaal und dann durch ein Treppenhaus und dann durch einen langen Verbindungsgang in Form einer überdachten Brücke zum Nebengebäude und dann wieder durch ein Treppenhaus und dann durch einen weiteren Gang und dann durch noch einen Gang und dann durch eine andere Eingangshalle und dann hinten rechts die Treppe runtergeht. Zwischendurch musste ich tatsächlich durch eine Baustelle, da die komplette Decke im Nebengebäude saniert wird, ich musste mich zwischen Abdeckplanen und Gerüsten hindurchquetschen.

Hin und wieder gab es Wegweiser zum Kassenautomaten, an manchen Abzweigungen, aber selbstverständlich nicht an allen, sonst wäre es ja langweilig.

Gehetzte, panische Menschen irrten durch die Gänge, denn bald war es 12 Uhr, und dann wäre alles vorbei. Ich bog in einen weiteren Gang ein, hetzte dort entlang – und da stand er schon, der Automat. Ich war bestens präpariert, fütterte ihn vorschriftsmäßig mit abgezählten, passenden Scheinen (ich war ja nicht wahnsinnig und setzte darauf, dass das Teil herausgeben könnte), hörte es rattern und tuckern, hielt anschließend glückselig glucksend die ersehnte Quittung in den Händen und machte mich schleunigst auf den Rückweg.

Zurück in der Schalterhalle hastete ich an den Schreibtischen der Bürgeramtsmitarbeiter vorbei – jetzt fiel es mir auf: Jeder hatte ein kleines Radio am Platz. Und aus jedem klang ganz leise *Radio Paradiso*.

Endlich kam ich bei meiner Sachbearbeiterin an, stolz legte ich ihr den Ausdruck auf den Tisch, und fast meinte ich so etwas wie Anerkennung in ihrem Gesicht zu lesen, als sie mich freundlich zurückbegrüßte: »Hamse noch Mittag gemacht zwischendurch, ja?«

Gerade wollte ich euphorisch werden, da sagte sie es: »Aba hamse mal auf die Uhr gekiekt? Jetzte ham wa fünf nach zwölf, da ist Feierabend, wa!«

Meine gute Laune war mit einem Schlag dahin, entsetzt starrte ich sie an. Sie starrte zurück. Mir stiegen die Tränen in die Augen. Sie triumphierte: »Was meinse denn, junger Mann, war doch nur'n kleenes Spässken! Wir sind doch keene Unmenschen hier!«

Dann gab sie meine Daten in ihren Rechner ein, schaute konzentriert auf ihren Bildschirm und begann mit zunehmender Amplitude ihren Kopf zu schütteln: »Mann, Mann, junger Mann«, hob sie an, »Mann, Mann, Mann.«

Ich sah ängstlich zu ihr. Was würde denn jetzt kommen? »Mann, Mann, Mann«, sie schien es nicht glauben zu können, »Wissense was?« Sie machte eine Kunstpause, ich blickte furchtsam zu ihr.

»Ihr Internationaler Führerschein ist noch gültig.«

»Was?«

»Na, Sie haben noch so ein Ding, wozu auch immer, und das ist noch gültig. Bis Juni.« Ich sah sie erschüttert an.

»Aber«, zitterte ich, »ich habe keine Ahnung, ... Ich wusste ja nicht, dass ... also, den hab ich nicht mehr. Der ist weg.«

»Ja, wie jetzt? Das Ding müssense doch noch haben?«

»Nein, echt!«, ich spürte Panik, »echt nicht. Stellen Sie mir doch einfach den neuen aus, ich hab ja auch schon bezahlt, ich brauche das Ding, wir fliegen morgen los.«

»Hörnse mal!« Sie plusterte sich kräftig auf: »Was glaubense denn, wo se hier sind? Das isn amtliches Dokument, vastehnse? Da könnse doch nich einfach mit zwei von die Dinger rumlaufen, was glaubense denn? Wollnse vielleicht auch gleich zwei Pässe ham, oder wie? Mann, so was könnse doch nicht einfach verlieren! Da müssense doch drauf aufpassen! Dit müssense sicher vawahrn! Wennse dit nich mehr ham, dann müssense ne Verlustanzeige machen. Stellense sich vor, das kriegt jemand Falsches in die Hände! Ihren Internationalen Führerschein!«

Ich sackte in mich zusammen. Jetzt war eh alles egal. »Ja und?«, fragte ich resigniert, »dann hat der halt meinen Internationalen Führerschein. Ist doch scheißegal, das Ding ist doch sowieso für nichts gut.«

Die Sachbearbeiterin blickte auf und schaute mich scharf an. Ihr Gesicht wirkte wie versteinert. Au weia, dachte ich, jetzt explodiert sie. Ich duckte mich sicherheitshalber schon mal. Es war ein Moment vollkommener Stille, nur ein kaum hörbarer Chor flötete irgendeinen Jingle von *Radio Paradiso*.

Dann zuckte sie plötzlich mit den Schultern und sagte: »Da hamse allerdings verdammt noch mal Recht. Dis braucht wirklich kein Mensch, das Teil.«

Dann nahm sie ein olivgrünes Heftchen, tackerte mein Passbild hinein, machte einen Stempel drunter und drückte es mir in die Hand. »So, da hamses. Und jetzte is hier ma Feierabend. Mann, Mann, Mann, hier is was los.«

Verwirrt, aber glücklich stand ich auf, steckte meinen neuen Internationalen Führerschein ein und machte mich auf den Weg zurück auf die Müllerstraße, in die reale Welt. »Schönen Urlaub noch, wa!«, rief sie mir hinterher, und außerdem: »Jede Wette, dasse das Ding im Leben nich mehr brauchen!«

Zu Hause angekommen, beim Zusammenpacken, lachte ich nur kurz trocken auf, als ich zwischen Reisepass und Impfausweisen auf den alten, noch gültigen Internationalen Führerschein stieß. Ich gab ihn achselzuckend ins Altpapier.

Rund 24 Stunden später torkelte ich auf der anderen Seite der Welt erschöpft aus dem Flugzeug und schleppte mich zum Schalter der Autovermietung. Ich legte dem Mann dahinter die Papiere vor, er nahm sie in die Hand. Den Internationalen Führerschein gab er mir direkt zurück: »Was ist das denn?«, fragte er, und ergänzte: »So was können Sie hier in Chile jedenfalls nicht gebrauchen.«

Dieter

Es ist nie ein gutes Zeichen, wenn die Veranstalterin kurz vor der Show zu uns Vortragenden kommt und einen Satz beginnt mit den Worten: »Ihr habt doch bestimmt nichts dagegen, wenn ...« Dann kann man mit Sicherheit davon ausgehen, dass wir etwas dagegen haben. Oder doch wenigstens, dass wir etwas dagegen haben sollten.

Aber selbstverständlich hatten wir nichts dagegen, als die freundliche, junge Aktivistin, die das Projekt leitete, in dessen Rahmen wir *Brauseboys* nun in irgendeiner Weddinger Kneipe unsere Texte vorlesen sollten, uns um einen kleinen Gefallen bat. Das Projekt, um das es ging, war irgendwas mit Kiez-Arbeit und natürlich allerlei Fördergeldern vom Quartiersmanagment und dem Kultursenator und Wasweißichwem, jedenfalls mit Fördergeldern, von denen allerlei bezahlt werden konnte, nämlich Werbeplakate, Flyer, Homepage und vor allem die Arbeit der Projektleiterin, also gute und wichtige Dinge, die so gut und wichtig waren, dass für die Vortragenden, die beim Projekt »Der Kiez trägt vor« vortrugen, selbstverständlich kein Geld übrig blieb. Das würden wir ja sicherlich verstehen, was wir natürlich verstanden. Außerdem könnten wir natürlich gerne einen Hut rumgehen lassen.

Der Gefallen, um den die junge und immerhin bezahlte Organisatorin uns bat, bestand darin, dass wir noch einen »Kiezdichter« in unserer Show auftreten lassen sollten, einen »sehr guten Kiezdichter«. Denn das sei nämlich genau genommen der eigentliche Grund für diese Veranstaltung und die Fördergelder, dass nämlich unbekannte

Autoren aus dem Kiez sich einem breiteren Publikum präsentieren können, und wir als schon renommierte Schriftsteller sollten dafür den nötigen Rahmen bieten. Ob sie uns das vorher nicht gesagt hätte?

Das wäre der richtige Moment gewesen, die Sachen zu packen und zu gehen. Aber wir nickten nur benommen und sahen verschreckt zu dem Kiezdichter hinüber, der uns aufgeregt mit seinen Notizbüchern zuwinkte.

Vielleicht lag es daran, dass wir also mit dem Schlimmsten rechneten, dass es am Ende doch gar nicht so schlimm war. Wahrscheinlich lag es auch an den nicht ganz unerheblichen Mengen Alkohol, die ich vorsorglich eingenommen hatte, nachdem die Organisatorin uns über unseren Überraschungsmitstreiter informiert hatte. Ganz sicher aber lag es an den nicht unerheblichen Mengen Alkohol, die ich aus Erleichterung über den doch nicht so schlimmen Verlauf dann nach der Show zu mir nahm, dass ich dem Kiezdichter irgendwann sogar meine Telefonnummer gab und mit ihm vereinbarte, dass wir in Kontakt bleiben würden. Was man halt sagt, wenn man besoffen ist.

Am nächsten Morgen erinnert man sich nur noch vage an den Abend und erst recht nicht an den Namen des Zechpartners. Die Kopfschmerzen mahnen, sich beim nächsten Mal doch besser in allen Belangen etwas zurückzuhalten, und die Sache wäre eigentlich schnell gänzlich vergessen. Wenn dann das Telefon klingelt und sich jemand meldet, dessen Namen man noch nie gehört zu haben meint, der aber eindringlich darauf verweist, man sei doch am vergangenen Abend zusammen aufgetreten und hätte anschließend über gemeinsame Projekte gesprochen, spätestens dann schwört man sich, beim nächsten Mal vielleicht lieber gar nichts zu trinken und vor allem die Finger von allem zu lassen, was mit irgendwelchen Kiez-Initiativen oder Projekten zu tun hat und erst recht mit spontan auftauchenden Dichtern, aber da war es ja schon zu spät.

So also lernte ich Dieter kennen. Ich wollte die üblichen Verschleppungsstrategien versuchen, vielleicht begegne man sich bald irgendwo zufällig oder man könne sich irgendwann ja mal treffen. Genau, sagte Dieter, ich habe ihm doch gestern erzählt, wo ich wohne, und zufällig habe sein Sonntagmittagspaziergang ihn ganz in die Nähe geführt, er stünde gleich vor meiner Tür. Ich könne ja schon mal Kaffee aufsetzen. Ach du Scheiße, dachte ich und verordnete mir einen alkoholfreien Monat. Im nächsten Moment klingelte es.

Ich sag mal so: Angesichts meines dröhnenden Schädels und meiner extrem verlangsamten Reaktionszeit und Auffassungsgabe war es höchst erfreulich, dass meine einzige Aufgabe in dem folgenden Gespräch darin bestand, durch gelegentliche gutturale Laute den Eindruck zu erwecken, ich würde Dieters Ausführungen folgen. Das bekam ich mit einiger Mühe recht solide hin. Dabei registrierte ich sogar durchaus, dass sein Vortrag immer mal wieder in Richtungen glitt, die eigentlich ein Einschreiten erforderlich machten. Aber er war schneller. Und lachte viel. Und nahm meine Antworten zielsicher vorweg. Zielsicher insofern, dass er immer sehr genau das Gegenteil von dem für mich sagte, was ich eigentlich sagen wollte. Ich war erstaunt: über seine Energie, seine Fröhlichkeit, seinen Redefluss, seine Dreistigkeit und seine Sympathie, die er mir grundlos entgegenbrachte. Dabei hatte er doch gestern noch viel mehr als ich getrunken. Während ich mich auf Bier beschränkt hatte, hatte er immer noch mal einen Whiskey dazwischen gemogelt, es war mir ein Rätsel, wie er überhaupt schon wieder reden konnte.

Konnte er aber, und als er ging, hatte ich also vereinbart, gemeinsam mit ihm ein Drehbuch für ein Musical zu schreiben, ein Musical über den Wedding, gespielt und gesungen von uns Weddinger Vorlesern, das wir voraussichtlich zunächst im *Friedrichstadtpalast* inszenieren würden, bevor wir damit dann dauerhaft ins

Theater des Westens zögen. Das war doch ein ganz ordentliches Ergebnis für einen verkaterten Sonntagmittag. Ich beschloss, erst mal wieder ins Bett zu gehen.

Ich wäre ja bereit gewesen, die ganze Sache als bösen Traum zu verbuchen, aber schon wenige Stunden später ging das Telefon. Dieter war dran, er hatte bereits mit dem Regisseur und dem Requisiteur und dem Beleuchter gesprochen, ein Beleuchter übrigens, der sonst am Broadway beleuchtet, aber der auch mal Lust auf was Anspruchsvolles hat. Alle seien begeistert. Ein Wedding-Musical, das sei genau das, worauf das Showbusiness schon lange gewartet habe, wir müssten jetzt nur noch rasch ein Exposé entwerfen, damit er die Gelder einwerben könnte.

Allmählich wurde mir klar, dass ich hier mit meiner passiven Strategie nicht durchkommen würde. Irgendwie mochte ich Dieter zwar, ich konnte es mir selbst nicht ganz erklären. War es der offenkundige Wahn? Die unerschütterliche gute Laune, die nur mit erheblichen Anteilen von Realitätsverweigerung zu erklären war? Die pure Energie, die er ausstrahlte? Oder war es das Mitleid? Dieter hatte erzählt, dass er früher eine große Nummer im Theater in West-Berlin war, er hatte Drehbücher geschrieben für die ganz Großen und fürs Fernsehen, er hatte dickes Geld damit gemacht, doch dann kam das Koks und dann der Krebs und dann kamen die Jahre in den Kliniken und die Scheidung, und die Villa in Zehlendorf war auch weg. Dann hatte er sich gefangen, eine Einzimmer-Wohnung im Wedding, wegen der Nähe zum Virchow, es gäbe da noch ein paar Komplikationen. Und jetzt habe er einen Taxi-Schein. Kurz, er hätte mal ein paar Jahre den Ball flach gehalten, aber nun sei es an der Zeit, wieder richtig einzusteigen.

Seine angeblich große Zeit lag vor der des Internets. Seltsam, wie hilflos man ist, wenn man nicht auf Anhieb alles ergoogeln kann, aber es gab immerhin ein paar Treffer, und sie widersprachen seinen Erzählungen nicht grundsätzlich, manches schien sogar zu stimmen, das meiste blieb im Unklaren. Aber es nutzte ja alles nichts, sein Musical würde er so oder so alleine machen müssen, ich hatte keine Zeit für so was, und die Vorleser-Kollegen von den *Brauseboys* würden mich schon für verrückt erklären, wenn ich ihnen das Anliegen unterbreiten würde.

Als wir eine Woche später nach der Veranstaltung zusammensaßen, sagte einer der Kollegen: »Du bist doch verrückt.« »Na ja«, verteidigte ich mich, »aber all diese Leute gibt es wirklich. Ich habe das gegoogelt. Und er stand mit dem Regisseur plötzlich vor meiner Tür. Der wirkte zwar auch eher skeptisch, dass Dieter das Startkapital von 200.000 Euro zusammenbekommt, aber es gibt ihn wirklich, den Regisseur. Und den Broadway-Beleuchter auch.« »Du bist doch total bekloppt«, zeigte der Kollege sich uneinsichtig.

Zum Treffen mit dem Regisseur hatten sie dann trotzdem alle ihre Textpassagen brav auswendiggelernt. Wir waren uns einig, dass aus diesem Wahnsinnsprojekt natürlich nichts werden würde. Nur Dieter zuliebe machten wir ein bisschen mit, und wer weiß, vielleicht fiel ja Stoff für ein paar Geschichten an.

Ich war eher unsicher, ob meine Klavierlieder für die große Bühne taugen, aber Dieter versicherte mir, das Filmorchester Babelsberg, mit dessen Leitung er schon in intensiven Verhandlungen stehe, würde die angemessen umsetzen.

Praktisch war, dass er uns anschließend immer im Taxi nach Hause fuhr. Als wir eines Nachts von einem Treffen mit irgendwem zurückkamen, der Großes mit den Filmrechten an unserem Musical vorhatte, bemerkten wir, dass Dieter nur in Schrittgeschwindigkeit über die Müllerstraße tuckerte. Er war schweißüberströmt. Es sei alles in Ordnung, versicherte er und kurbelte das Fenster auf, er brauche nur mal ein bisschen frische Luft. So fuhren wir ganz rechts, mehr als einmal fürchtete ich, er rasiere die Außenspiegel der parkenden Autos ab. Wir waren ziemlich froh, als er uns am Leopoldplatz aussteigen ließ. »Große Güte«, murmelte einer der Kollegen, »ich hatte wirklich Angst.« »Ich glaube, sein Koks war alle«, meinte der andere.

Einerseits waren wir erleichtert, denn wir hatten uns die ganze Zeit nicht wohlgefühlt mit der Sache. Andererseits war es auch wie ein Kater. Wie hatten wir uns auf diesen Irrsinn überhaupt so weit einlassen können? Hatten wir uns wirklich mit all diesen Leuten getroffen? Hatten wir wirklich ein Exposé ausgearbeitet, zu einem Wedding-Musical? Was hatten wir denn erwartet? Wir konnten es, mit dem Abstand von einigen Wochen, selbst nicht so recht verstehen.

Von Dieter fehlte jede Spur. Er meldete sich monatelang nicht mehr. Wir hatten ihn längst vergessen und erst recht das unselige Musical-Projekt, als er eines Abends plötzlich nach der Show bei uns am Tisch stand, kraftstrotzend, energiegeladen wie früher, zu viel redend und zu laut lachend. Er habe eine seltene Erkrankung, eine Folge des Krebs, das sei plötzlich akut geworden, wir wüssten ja, wie das sei: Klinik, künstliches Koma, Reha. Die Sache mit dem Musical sei leider erst mal verschoben, weil der Regisseur kurzfristig ein Angebot aus den Staaten erhalten habe und schon in New York sei, das müsse er jetzt erst mal abdrehen. Aber er habe Sponsoren an der Hand für eine vierstündige Akrobatik-Revue mit Lese-Einlagen, wahrscheinlich am Hamburger *Stella*-Theater, wenn der *König der Löwen* dort auslaufe, aber das müsse man noch mal sehen. Jedenfalls seien wir ganz unverzichtbarer Bestandteil der Show, für die er allerdings auch noch einige Feuerspucker brauche.

Wir versprachen, zur Premiere zu kommen. Als Zuschauer.

Und mit den Clowns kamen die Tränen

Die Kitas in Berlin fordern mehr Personal. Auch die von meinem jüngeren Sohn Jaakko. Dafür gibt es eine Demonstration am Leopoldplatz. Da müssen wir natürlich dabei sein. Damit wir auch wirklich dabei sind, macht die Kita zu, will aber mit den Kita-Gruppen zur Demo, weshalb also, wie gesagt, wir dabei sein müssen.

Die Kinder finden das wahnsinnig aufregend. Alle tragen Plakate und Schilder mit einer »5« darauf. Das ist nicht, wie man zunächst meinen könnte, die Altersangabe, sondern das ist die Zahl der Stunden, die die Erzieher als Vor- und Nachbereitungszeit zu Hause angerechnet bekommen wollen, was im Umkehrschluss natürlich bedeuten würde, dass für die vielen fünf Stunden, die sie dann nicht mehr an der Kita arbeiten, neues Personal eingestellt werden müsste. Jedenfalls halten die Kleinen begeistert ihre Fünf-Plakate und rufen auch ein paar Mal laut »Fünf! Fünf! Fünf!« Ich denke, diese machtvolle Willensbekundung der nächsten Wählergeneration wird den Senat in die Knie zwingen.

Damit die Begeisterung der Kinder auch bei längerem Herumprotestieren erhalten bleibt, wird uns ein tolles Bühnenprogramm versprochen. Ich spüre Unwillen in mir hochsteigen. Auf dem Leopoldplatz herumstehen und blank meiner puren Körpermasse erhebliche Unterstützung für ein hehres Ziel ausdrücken – na ja, kann man mal machen. Immer noch besser als schon wieder auf den Spielplatz. Aber jetzt auch noch ein Bühnenprogramm, das überstrapaziert meine Leidensbereitschaft dann doch.

»Hoffentlich gibt's keine Clowns«, knurre ich.

»Warum?«, fragt mein Sohn, was nicht sonderlich bemerkenswert wäre, weil er in einem Alter ist, in dem er auf jedwede Äußerung mit »Warum?« reagiert, aber ich bin hier unter Pädagogen, also antworte ich halt: »Weil Clowns todlangweilig sind.«

»Warum?«

»Na, weil sie einen zu Tode langweilen.«

»Warum?«

»Na ja, die machen halt, ach ...«

Eine Gewerkschafterin von der GEW tritt auf die Bühne und will mit lauten »Fünf!«-Rufen begrüßt werden. Ich bin erleichtert, das erspart mir weitere humortheoretische Ausführungen. »Fünf! Fünf! Fünf!«, rufen wir, wie uns befohlen, sie scheint zufrieden. »Und jetzt, liebe Kinder, haben wir ein ganz tolles Programm für euch: Beppo und Boppo, die superlustigen Clowns!« Die Kinder jubeln enthusiastisch, ich seufze. Und sitze in der Falle. Jaakko will die Clowns unbedingt sehen, also muss ich ihn auf die Schultern nehmen, damit er gut gucken kann. Da kann ich mich schlecht unauffällig für ein Weilchen verdrücken.

Die Clowns tun, was Clowns eben so tun. Sie torkeln sinnfrei über die Bühne, patschen sich gegenseitig auf die zu großen Schuhe, blasen in irgendwelche Teile, die dann quäken und sich ausrollen dabei, kurzum: es ist ein Inferno der Langeweile, ein Hochamt des Unkomischen. Dann machen sie irgendwas mit Keksen. Das soll vermutlich das Identifikationspotenzial für die Kinder steigern. Beppo nimmt sich einen Keks, macht »mhmhmh«, Boppo will auch den Keks und kommt angewatschelt, Beppo watschelt weg, dabei isst er den Keks. Haha. Wahnsinnig komisch. Die Kinder sind begeistert. »Papa! Die sind lustig!«, ruft mein Sohn von oben. »Nein, sind sie nicht!«, rufe ich von unten, aber schallendes Gelächter erklingt von meinen Schultern, als jetzt Boppo einen Keks hat und Beppo ihn haben will und Boppo wegwatschelt und Beppo hinterherwatschelt und Boppo dabei den Keks in sich hinein krümelt. Das ist ja ein ganz raffinierter Plot, denke ich, wie die Handlung wohl weitergeht? Aha. Jetzt nimmt sich Beppo einen Keks, Boppo will ihn, wildes Watscheln und Keksverkrümeln. Jetzt muss aber langsam mal was passieren, denke ich, und – ja, tatsächlich. Nun ist Boppo wieder dran, sich einen Keks zu nehmen, die Spannung steigt, denn: Boppo fällt hin. Die Kinder lachen und quietschen. Beppo wirkt weniger begeistert, er rudert ganz aufgeregt mit den Armen, brüllt irgendwas, beugt sich runter zu Boppo und haut ihm rechts und links auf die Wange. Hihi. Jaakko tobt vor Begeisterung, ich habe Mühe, ihn einigermaßen in der Balance zu halten. Boppo liegt immer noch auf dem Boden, Beppo wirkt ganz aufgelöst, und jetzt kommt eine Wendung des Geschehens, die auch mich überrascht: Ein Krankenwagen mit Blaulicht und Sirene fährt direkt hinter die Bühne, zwei Notärzte springen darauf, die Kleinen jubeln und klatschen und lachen. Die Notärzte reißen Boppo das Clownskostüm vom Leib, das gefällt nicht mehr allen Kindern. »Warum?«, höre ich von oben. Das frage ich mich in diesem Moment auch gerade. In der Tat beginnt das Bühnengeschehen mich erstmals zu interessieren. Jaakko ist weniger begeistert. »Der soll die Nase wieder aufsetzen.« Die Ärzte haben inzwischen den Defibrilator in Stellung gebracht, beim ersten Einsatz hebt Boppo ein wenig vom Boden ab, viele Kinder jubeln und klatschen, andere wirken verstört. Beppo rudert immer noch hilflos mit den Armen und torkelt über die Bühne. Der eine Notarzt schüttelt mit dem Kopf, der andere bringt das Gerät erneut in Stellung. Jetzt stürmen zwei Polizisten auf die Bühne und spannen ein Bettlaken vor den handelnden Personen, ein großes Laken mit vielen Fünfen drauf. Sofort beginnen die Kinder zu rufen: »Fünf! Fünf! Fünf!« Die Polizisten bemühen sich, die Vorgänge blickdicht abzuschirmen, so ganz gelingt ihnen das aber nicht, man sieht, wie Boppos Körper unter einem neuerlichen Stromschlag in die Höhe schnellt. Ich denke, es ist an der Zeit, Jaakko wieder auf den Boden zu stellen. »Warum?«, fragt er mich mit großen Augen. »Die Vorstellung ist jetzt vorbei«, erläutere ich wahrheitsgemäß, und tatsächlich kommt in diesem Moment auch die Cheferzieherin wieder auf die Bühne. Die ist Profi durch und durch. »Ja, liebe Kinder«, ruft sie enthusiastisch ins Publikum, und man muss schon sehr genau hinhören, um den kleinen Unterton zu hören, als sie sagt: »Das *waren* Boppo und Beppo.« Die Polizisten schwanken etwas, ich kann erlugen, wie die Ärzte auf Boppo herumdrücken. Sieht ganz so aus, als hätte die Pädagogin recht.

Einige Kinder in den vorderen Reihen protestieren, sie sehen ja, dass die Clowns noch auf der Bühne sind. »Die sollen weitermachen«, rufen sie, aber die Erzieherin kontert kühl: »Die können nicht weitermachen. Ihr habt doch gesehen, der Boppo ist umgefallen. Der hat zu viele Kekse gegessen. Und ihr wisst ja, das ist nicht gesund.« Ich bin beeindruckt. Das sind die wahren Helden des Alltags. »So, und jetzt ist unsere Demonstration auch schon zu Ende, und wir wollen alle zusammen noch mal den Verantwortlichen sagen, was wir fordern, mit einem dreifachen ...« Dutzende Kinder schreien begeistert: »Fünf! Fünf! Fünf!« Geschickt werden sie von der Unglücksstelle zum Rathaus Wedding geleitet, auch wir verlassen den Ort des Geschehens.

Wir drehen uns noch einmal um. Immer noch trudelt Beppo über die Bühne und rudert hin und wieder verzweifelt mit den Armen, Boppo bleibt vor unseren Blicken durch das Fünfer-Transparent gnädig verborgen.

Jaakko sagt: »Da sind ja noch die Clowns!«

»Haben sie dir gefallen?«

»Ja, die waren so lustig!«

Und auch ich muss zugeben: Das war die erste Clownsvorführung, bei der ich mich nicht zu Tode gelangweilt habe.

Baumpflegearbeiten

Ich hätte misstrauisch werden können. Ach was: Ich hätte misstrauisch werden müssen. Aber es fiel mir erst nach einer Weile unbestimmter Beunruhigung auf. Irgendwas stimmte nicht, ramenterte ein kleines, penetrantes Gefühl in meinem Bauch herum, aber immer, wenn ich leicht irritiert den Blick vom Bildschirm löste und aufmerksam versuchte, Signale aus der Umgebung aufzunehmen, was denn da sein könnte, fiel mir nichts auf. Kein beunruhigender Brandgeruch in der Luft, keine Schüsse aus dem Nachbarhaus, die Kinder spielten friedlich im Hof ... ich schaute noch einmal auf – verdammt! Das war es. Die Kinder spielten friedlich im Hof. Sehr friedlich. Zu friedlich. Man hörte überhaupt nichts. Ich sprang auf und stürzte nach draußen.

Das Fleischermesser, mit dem mein fünfjähriger Sohn Kiran auf den größten Baum unseres Hinterhof-Gartens einstach, war ungefähr so lang wie seine Elle. Und von offenbar beachtlicher Schärfe, wie die gleich Dönerschnipseln überall auf dem Boden herumliegenden Holzsplitter verrieten. Ich schnappte nach Luft.

Vor einer halben Stunde erst hatte Mahmut, den wir liebevoll unseren kleinen Hinterhoflibanesen nennen, mich nach einem scharfen Messer gefragt. Genaugenommen hatte er gesagt: »Du, Heiko, gib uns ein Messer.« Ich hatte ihn erstaunt angesehen und gefragt, was sie denn damit wollten. »Mal sehen. Aber richtig scharf muss es sein, gib uns ein scharfes Messer.« Pädagogisch wertvoll antwortete ich: »Ihr habt sie ja nicht mehr alle«, und immer im Einsatz für Völkerfreundschaft, Integration und gegen Diskriminierung fügte ich noch milde an: »Ich dachte, davon hat ein Bengel wie du ohnehin immer drei Stück in der Hosentasche.« Er sah mich kurz irritiert an – mit seinen vier Jahren ist sein Sinn für Ironie noch nicht vollständig ausgereift –, wühlte etwas ratlos in seinen Taschen und förderte daraus ein zartrosafarbenes *Filly* mit einem Horn hervor, das mit kleinen rötlichen Plaste-Edelsteinen besetzt war.

Ein *Filly. Fillys* sind, das muss Nicht-Eltern an dieser Stelle hoffentlich erklärt werden, kleine, grauenhaft kitschige Pferde- oder Einhornfigürchen in Atemstillstand auslösenden Farben, die sich geradezu pandemisch durch die Kitas des Landes ausgebreitet haben, schlimmer als Vogelgrippe oder Ebola es je könnten. Einmal von *Fillys* infizierte Personen schauen vermutlich ihren Lebtag nur noch Rosamunde-Pilcher-Verfilmungen an, hören Xavier Naidoo oder Silbermond und lassen sich widerspruchslos erzählen, die unvollendet gebliebenen Stichpunkte für einen Leserbrief eines Günter Grass seien Gedichte. Das ist alles die Schuld der *Fillys*. Niemand weiß, was sie bedeuten sollen und woher die plötzlich alle kommen, nicht einmal Wikipedia. Ein nochmaliger verwunderter Blick: tatsächlich. Kein Eintrag in der Wikipedia zu »*Fillys*«. Kann das noch mit rechten Dingen zugehen? Vielleicht sind die *Fillys* die lange befürchtete schmutzige Bombe von al-Qaida, mit der sie die westliche Zivilisation besiegen will. Ich denke, sie hat damit gute Chancen.

Mahmut kramte etwas weiter in seiner Tasche und förderte noch einen winzigen rosa Plastikkamm daraus hervor, der dazu dient, die Mähne der Bestie aus der rosafarbenen Plüschhölle zu kämmen. »Kein Messer«, stellte er enttäuscht fest.

»Dann nimm halt den Kamm«, gab ich ihm einen guten Rat, dann las ich weiter.

Und nun also sah ich den älteren Sohn, wie er wie von Sinnen auf unseren Hinterhofbaum einstach und hobelte, fasziniert beobachtet von seinem zweijährigen kleinen Bruder und einigen der Libanesenkinder aus Mahmuts Verwandtschaft, deren Zahl und Namen zu merken ich lange aufgegeben habe, wobei man mit Mahmut, Mohamed oder Ahmed den männlichen Teil eigentlich ziemlich sicher ansprechen kann, ohne das Risiko einzugehen, einen Fehler zu machen. Auf einer Strecke von über einem Meter hatten sie den etwa besenstieldicken Ast des Baumes bereits entrindet, sein Nachbarast war noch schlimmer dran und hatte weitaus mehr Pelle verloren, ganz im Gegensatz erstaunlicherweise zu den Kindern, die verblüffend unblutig aussahen.

Trotzdem sah ich mich mit einer der größten pädagogischen Krisen meiner Laufbahn konfrontiert. Sofort konfiszierte ich das Messer. »Wo habt ihr das denn her?«, brüllte ich sie an. Schüchtern zeigten sie auf Mahmuts älteren Bruder, der vielleicht so um die acht Jahre alt war. »Achmed!«, sage ich streng. »Mohammed!«, korrigiert er mich. Ich schnappe nach Luft und setzte zu, sagen wir, einigen Erläuterungen an, die, hätte die falsche Person sie aufgeschnappt, mir wahrscheinlich eine Anzeige wegen Volksverhetzung oder gleich eine Fatwa eingetragen hätten, aber die einzigen religiösen Fanatiker in unserem Hinterhof sind ja die Pfingstcharismatiker, und die laufen immer nur schnell zu ihren Kindern und halten ihnen die Ohren zu, wenn man was Schlimmes sagt.

Wie mir überhaupt mal jemand erklären könnte, warum wir hier von christlichen Eiferern umstellt werden. Von wegen Islamisierung, das sollte man den Idioten von der *Achse des Guten* mal zeigen: Spätkaufs, Casinos und Christenläden, *damit* ist die Gegend hier gepflastert. Das Sonnenstudio neben unserem Haus musste ja schon dem Spätkauf weichen, und nun wurde auch noch unser hauseigener Schneider, der dort seit meiner Ankunft im Wedding rauchend vor seiner Schneiderei stand, im letzten

Monat durch ein Internet-Casino ersetzt, die *Rosa Bar*. *Rosa Bar*! Wahrscheinlich dealen die da mit *Fillys*! Jetzt ist von den alteingesessenen Geschäften auf unserem Abschnitt der Seestraße nur noch der unkaputtbare *See-Tank* übrig und das Fachgeschäft für Killernieten. Sogar der nette kleine asiatische Puff in der Lüderitzstraße ist vor einem Monat geräumt worden. Erstaunt hatten wir beobachtet, wie all der China-Restaurant-Kram und die roten Kunstpolsterliegen auf die Straße flogen, der Putz gelblich getüncht und die Dielen abgezogen wurden. Als dann noch ein seltsam altmodisch aussehender Tresen installiert wurde, schien mir die Sache klar: Jetzt bekommen wir hier auch eines dieser schicken Hipster-Retro-Cafés. Es musste ja so kommen eines Tages. Als ich beim nächsten Mal an dem Laden vorbeikam, sah ich schon von weitem, wie ein junges Paar davorstand und kopfschüttelnd einen ins Schaufenster geklebten Zettel betrachtete. Ich warf im Vorübergehen ebenfalls einen Blick drauf und blieb unvermittelt stehen: *Café Batik* stand da, und klein darunter: »Christlicher Treffpunkt. Gesprächsabende, Stofffärbekurse, Verkündigungs-Filmabende«. »Na, das hat hier ja gerade noch gefehlt«, schimpfte die Pärchenfrau, bevor wir unserer Wege zogen.

Sehr unchristlich jedenfalls hatte ich die libanesische Privat-Kita aus unserem Hofgarten geschmissen und meinen beiden Jungs eine Strafpredigt geradezu alttestamentarischen Ausmaßes gehalten.

»Der Baum stirbt jetzt wahrscheinlich!«, klagte ich an.

Kiran sah mich schockiert an, dann brach er in Tränen aus. »Mein Lieblingsbaum! Mein Lieblingsbaum soll nicht sterben!«

»Er wird aber sterben, und du hast ihn tot gemacht. Er wird noch eine Weile hier stehen und leiden, Bäume sterben langsam und qualvoll!«

In Erinnerung an meine sonst in zahllosen Einsätzen erprobte Problemlösungsstrategie Nummer eins schlug

Kiran vor, wir könnten die Rinde doch einfach wieder mit Tesafilm ankleben. Er wirkte dabei so aufgewühlt und entsetzt, dass ich nun doch wieder Mitleid bekam und ein wenig zurückruderte. Ganz genau wisse man natürlich nicht, ob der Baum deswegen sterben müsse, und weil der Kleinere immer noch hemmungslos heulte, ließ ich mich auf die Prophezeiung ein, dass der Baum als Ganzes vermutlich schon überleben werde, vielleicht werde nur der Ast absterben. Zumindest, wenn sie in nächster Zeit sehr, sehr brav und besonders leise im Hof wären, denn jetzt hat der Baum ja keine Rinde mehr, da kann er den üblichen Kinderlärm gar nicht mehr so gut vertragen, führte ich weiter aus, im festen Willen, wenigstens das Beste aus der Situation zu machen. Dann führte ich die Kinder in die Wohnung.

Etwa zwei Wochen später wurde ich eines Morgens von meinem Schreibtisch durch infernalischen Lärm aus dem Hinterhof hochgeschreckt. Ich eilte zur Terrassentür und blickte nach draußen. Fassungslos sah ich, wie drei grün gekleidete Männer mit Gartenscheren und einer Motorsäge den gesamten Pflanzenbestand unseres Innenhofes niedermachten. Ich wollte gerade schreiend dazwischengehen, da fiel der Ast, den die Kinder geschält hatten. Mein Geschrei war offenbar so laut gewesen, dass der Sägenmann von seinem zerstörerischen Wirken kurz abließ und mich anstierte: »Was wollen Sie denn?«

»Was machen Sie denn da mit unserem Hof?«, herrschte ich ihn an.

»Nach was sieht's denn aus?«, entgegnete er ungerührt, »die Hausverwaltung hat uns beauftragt, hier mal ein bisschen auszumisten und zu beschneiden.«

»Beschneiden!«, quietschte ich aufgeregt, »Sie haben die ganzen Äste von unserem Baum abgeschnitten!«

»Ach was«, zischte er verächtlich, »die brauchen das von Zeit zu Zeit, das schlägt nächstes Jahr alles wieder aus. Und jetzt halten Sie uns hier nicht auf, gefälligst.«

Deprimiert schlich ich zurück in die Wohnung. Da stand mir ja eine weitere pädagogische Herausforderung direkt ins Haus. »Da seid ihr wohl nicht leise genug gewesen, ich hatte euch ja gesagt, dass der Baum jetzt viel empfindlicher ist, nachdem ihr die Rinde abgemacht habt«, könnte ich argumentieren. Aber auf jeden Fall wäre es klug, etwas in der Hinterhand zu haben, um die Kinder dann trösten zu können.

Ich machte mich auf in die *Rosa Bar*, nach *Filly*-Figuren fragen.

Ein Stein für Dieter

Dieter hatte eingesehen, dass er mich für sein großes Musical nicht mehr gewinnen konnte. Das hinderte ihn aber keineswegs, immer mal wieder aufzutauchen, um zu versuchen, mich für irgendwelche anderen Irrsinnsprojekte zu rekrutieren. Mal sollte ich mit ihm eine Fernsehserie schreiben, mal wollte er mich bei *Suhrkamp* ganz groß rausbringen, dann wieder waren es ganz normale Bühnenauftritte, die er organisiert hatte und an denen ich unbedingt teilnehmen müsse. Mit anderen Musikern oder Autoren, die er wahlweise irgendwo am Tresen oder als Fahrgäste in seinem Taxi kennengelernt und denen er versprochen hatte, für ihren Durchbruch zu sorgen. Mal war er für Monate verschwunden, mal rief er täglich an, natürlich mit unterdrückter Rufnummer oder von fremden Anschlüssen. Schließlich ging ich gar nicht mehr ans Telefon. Dann stand er plötzlich unangemeldet vor der Tür. In einer besonders anstrengenden Phase traute ich mich schließlich nicht mal mehr aufzumachen, wenn es klingelte, und anschließend verbarg ich mich für eine Weile ganz hinten in der Wohnung. Ich hatte Angst, dass er durch die Fenster meiner Erdgeschosswohnung aus dem Innenhof nach mir Ausschau halten würde.

Er musste es gemerkt haben, dass ich ihn mied, so gut es ging, aber es kümmerte ihn nicht. Und ich brachte es nicht übers Herz, ihn mit deutlichen Worten aufzufordern, mich endlich in Ruhe zu lassen. Ich schaffte es einfach nicht. Alle paar Monate hätte ich mich ja gerne mit ihm auf ein Bier getroffen, ich hatte mich trotz allem mit ihm – nun ja: angefreundet trifft es nicht ganz, aber ein wenig ans Herz gewachsen war er mir schon. Aber Dieter konnte man nicht passend dosieren. Dieter gab es nur in Überdosis.

Mein erstes Gefühl, als ich die Nachricht erhielt, er sei vor die U-Bahn gesprungen, war ein innerliches Aufatmen. Ich konnte wieder unbesorgt ans Telefon gehen. Nie wieder würde er zugekokst oder betrunken plötzlich irgendwo auftauchen und darauf bestehen, mich im Taxi nach Hause zu fahren. Ich war irritiert, wie glücklich ich darüber war. Und im nächsten Moment schämte ich mich und hatte ein schlechtes Gewissen. Dann kamen mir die Tränen. Vor Trauer. Aber ich fürchte, auch vor Erleichterung.

Ein knappes Jahr später meldete sich Ralf bei mir, ein gemeinsamer Bekannter aus einer seiner zahlreichen Weddinger Lieblingskneipen. »Natürlich war er super anstrengend, aber ich habe ihn trotzdem gemocht. Und nun war ich bei ihm auf dem Friedhof, da unten in Nikolassee.«

»In Nikolassee?«

»Ja, verrückt, oder? Da kam er her. Hat er nie was von erzählt. War wohl so was wie das schwarze Schaf in der Familie. Jetzt steht da jedenfalls nur so ein schäbiges amtliches Plastikschild mit seinem Namen, kein Stein, nichts. Und er muss bis zum jüngsten Tag in Nikolassee herumliegen, ich meine, das ist doch irgendwie auch schon Strafe genug. Als Einziger auf dem ganzen verdammten Friedhof hat er keinen Grabstein, das geht doch nicht. Selbst eine ausgemachte Nervensäge wie Dieter verdient einen Grabstein. Wollen wir nicht zusammenschmeißen?«

»Wir? Wer ist denn wir?«

»Na, wir eben. Seine Saufkumpane. Vom *Süffel*. Vom *Bonbonwasser*. Vom *Biertempel*. Aus der *Cralle*. Vom *Nachtasyl bei Horst*. Wenn jeder, mit dem er in einem der Läden öfter als nur ein paar Mal ordentlich gesoffen hat, ein paar Euro dazu tut, kriegen wir doch wohl lässig einen Stein zusammen.«

»Wenn die Familie in Nikolassee lebt, dann hat die doch genug Kohle. Und da soll ausgerechnet eine Bande mittelloser Säufer und Künstler den Grabstein finanzieren? Du bist doch bekloppt.«

Ralf lächelte.

In den folgenden Wochen recherchierte er den Rechteinhaber des Grabes. Es war Dieters Cousin, der uns schriftlich erlaubte, einen Stein aufzustellen. Sein kurzer Brief endete so: »Machen Sie, was Sie wollen, solange ich nichts damit zu tun haben muss.«

Ralf zog durch die Kneipen und warb an den Weddinger Tresen für sein Anliegen. An einem Abend kam ich mit, wir wollten ohnehin mal wieder ein Bier zusammen trinken. Wir gingen so vor, dass wir die Tresenkräfte fragten, wer denn wohl früher öfter mal mit Dieter hier gesoffen hat. Die sprachen wir dann an. Und bekamen Antworten:

»Dieter ist tot? Glaub ich nicht. Das streut der nur, um sich wichtig zu machen.«

»Wenn ihr sicherstellt, dass der garantiert nie wieder da rauskommt, gebe ich gerne einen Fünfer für den Grabstein dazu.«

»Vor die U-Bahn? Was ist denn das für 'ne Scheiße. Da hätte er sich doch besser totsaufen können!«

»Das ist doch nur ein Trick. Der hatte Schulden und musste mal Land gewinnen, da macht es sich doch ganz gut, wenn alle glauben, man sei Matsche.«

»Scheiße, dann kann ich den Fuffi wohl endgültig abschreiben.«

Am Ende hatten wir 400 Euro zusammen. Die letzten zwanzig gab uns Horst persönlich, also der Horst vom *Nachtasyl bei Horst.* Er guckte sehr ernst, als er uns den Schein in das hässliche rosa Plastik-Sparschwein mit den aufgemalten gelben Blümchen steckte. »Vor die U-Bahn? Verdammt. Wisst ihr, wieso ich den ganzen Scheiß hier überhaupt mache?« Dabei zeigte er auf die kleine Bühne, die er in das Hinterzimmer seiner Kneipe gebaut hatte, auf der regelmäßig allerlei Kiez-Veranstaltungen stattfanden, Lesungen, Theatergruppen, Konzerte. Ich war hier auch zwei-, dreimal mit Dieter aufgetreten. Wir schüttelten die Köpfe: »Als ich den Laden hier übernommen habe, war das ’ne ganz normale Kneipe. Ganz normale Leute kamen her, saßen am Tresen, tranken und gingen. Alles dufte. Einer meiner Stammgäste hieß Max. Der hing hier praktisch jeden Abend rum. Trank reichlich, sagte kein Wort, zahlte immer, wurde nie ausfällig. Der perfekte Gast. Und dann kam er plötzlich nicht mehr. Nach zwei Wochen oder so habe ich mir Sorgen gemacht. Ich meine, ich wusste nichts über ihn, wir hatten uns nie unterhalten oder so, nie mehr als ›Alles klar?‹ und ›Der Deckel macht achtzehnfuffzich‹. Aber dass der einfach so von heute auf morgen verschwindet, ohne sich zu verabschieden, ohne ein Wort zu sagen, das konnte ich mir nicht vorstellen. Immerhin wusste ich, wo er wohnt und wie er heißt. Na ja, letztlich haben die Bullen ihn halb verwest aus der Wohnung geholt, erhängt hat er sich. Da habe ich mir geschworen: Das lässt du nie wieder zu, dass hier einer jahrelang rumsitzt, und du hast keine Ahnung, was mit dem eigentlich los ist. Da habe ich dann die Bühne gebaut und die kleine Anlage gekauft und all das. Aber scheiße, U-Bahn. Und das bei einem wie Dieter, der ununterbrochen gelabert hat. Hier, nehmt ’n Zwanziger.«

Ralf bat mich, ihn bei der Auswahl des Grabsteins zu unterstützen. Ich habe doch gar keine Ahnung von so was, gab ich zu bedenken. Das sei doch ganz egal, meinte Ralf. Er wolle es nur nicht alleine machen.

Also vereinbarte er einen Termin mit dem Steinmetz, und wir brachen auf zum Friedhof in Nikolassee. Es war ein lausiger, nieseliger Tag, es war eine halbe Weltreise zu diesem beschissenen Friedhof, und als wir beim

Steinmetz ankamen, war kein Mensch da. Ratlos sahen wir uns an, dann besichtigten wir schon mal die herumstehenden Steine und versuchten, ein geeignetes Modell auszumachen. Ein seltsamer Ort: ein kleiner Hinterhof eines Hauses, alles war mit Grabsteinen zugestellt, einige mit Inschriften, offenbar frisch bestellt, einige mit Blindtext-Gravuren, andere leer und auf ihre Toten wartend. Dazwischen hatte der Steinmetz es sich gemütlich eingerichtet: Ein Grill stand in der Mitte, mehrere Liegestühle, aus drei Grabsteinen hatte er einen adretten Gartentisch gebaut, und er pflegte offenbar eine seltsame Obsession für Vögel. Überall hingen kleine Vogelfiguren aus Plastik, bunt angemalt, einige saßen auf dem Boden, andere hingen am Sonnenschirm oder an den Treppengeländern, die zum Wohnhaus und zum Büro führten. Auch das Klingelgeräusch war ein lustiges Vogelzwitschern, aber so sehr wir auch zwitscherten, nichts tat sich. Jetzt waren wir bis an den Arsch von Berlin gereist, um diesen elenden Stein klarzumachen, und nun tauchte der Typ nicht auf trotz Termin. Na ja, in seinem Gewerbe laufen die Kunden halt nicht weg. So versuchten wir uns in Witzchen, während wir uns auf den Liegestühlen niederließen. Per Handy probierten wir, ihn telefonisch zu erreichen, aber ein daraufhin aus dem Büro dringendes Raben-Krähen zeigte uns nur, dass der Metz auch beim offiziellen Dienstanschluss seinem Vogel-Tick huldigte.

Endlich erschien eine Gestalt im Hof. Der Steinmetz? Leider nicht. Ein junger Bursche, der uns erklärte, er habe einen Termin wegen eines Ausbildungsplatzes. Auch er versuchte die Kontaktaufnahme via Handy, er hatte eine andere Nummer. Aber wieder ertönte nur das Rabenkrächzen aus dem auf Kipp stehenden Bürofenster, und achselzuckend setze er sich zu uns zwischen Grabsteine und Plastikvögel. Warum er denn Friedhofs-Steinmetz werden wollte, fragten wir ihn und witzelten, dass die Branche ja immerhin krisensicher sei. Genau, bestätigte der Junge sehr ernst, das habe er sich auch gedacht. Außerdem habe er nicht so gerne mit Menschen zu tun, nicht so direkt jedenfalls. Wir nickten verstehend, aber das Gespräch kam im Weiteren irgendwie nicht mehr so recht in Gang. Nach einer Viertelstunde wurde es ihm zu viel und er verabschiedete sich. Dann würde er es halt später noch mal versuchen. Ja, vielleicht sei es kein Fehler, sich gleich damit vertraut zu machen, dass die Uhren in diesem Beruf anders tickten, sagten wir. Was ist schon eine halbe Stunde gegen die Ewigkeit? Er schaute uns nur verständnislos an und fühlte sich vermutlich sehr bestärkt in seiner Berufswahl. Wahrscheinlich malte er sich schon genüsslich aus, wie er uns dereinst unter die Erde bringen würde.

Nach fast einer Stunde wollten auch wir aufgeben, da fuhr wieder jemand auf den Hof, und diesmal war es der Steinmetz. Ralf machte ihm leichte Vorhaltungen wegen seiner Verspätung, aber der Mann lächelte nur freundlich und sagte, jetzt sei er ja schließlich da. Und da hatte er ja auch Recht.

»Haben Sie sich schon umgesehen?«, fragte er. Wir zeigten ihm unseren Favoriten-Stein. Als er den Preis nannte, zeigten wir ihm rasch unseren zweiten Favoriten. Dann den dritten. Dann fragten wir, welcher Stein am billigsten ist. Er zeigte auf eine kleine, flache Platte mit Sprung. Na gut, für Dieter würde es reichen.

Wir setzten uns in das Büro des Metzes, dann fragte er nach der Inschrift. »Dieter Wolf Rademann-Laske, 13.5.1950-10.9.2011«. »Noch irgendeinen Spruch dazu?« »Nein, der hat zu Lebzeiten genug gesprochen, der kann jetzt ruhig mal die Klappe halten.« Der Steinmetz zückte den Taschenrechner, dann nannte er eine Zahl, angesichts der wir herzlich lachen mussten. »Was soll denn das jetzt für ein Preis sein?« »Na ja, jedes in den Stein zu schlagende Zeichen kostet extra. Dann noch Mehrwertsteuer und Friedhofsgebühren und Gebühren für den Papierkram, damit Sie den Stein da auch aufstellen dürfen.« Wir sahen ihn mit großen Augen an.

»Kann man an der Inschrift nicht was sparen?«, fragte er. »Ich will ja nicht pietätlos sein, aber ist der zweite Vorname ihm sehr wichtig gewesen?« Nein, da waren wir uns einig, wir kannten ihn ja sowieso nur als den Dieter. Der Wolf allein machte den Braten aber noch nicht fett, der Steinmetz schlug vor, Geburts- und Sterbedatum auch auf das Notwendigste einzudampfen, die Jahreszahlen würden doch womöglich reichen. Allerdings! Und wieso eigentlich Rademann-Laske, auf seiner Klingel hatte doch nur Rademann gestanden, und unter dem Namen Dieter Rademann ist er auch immer aufgetreten, das reicht dann ja wohl. »Laske ist aber kürzer«, gab ich zu bedenken, »zumal man an manchen Auftritt von ihm vielleicht besser auch gar nicht erst erinnern sollte.«

Der Preis blieb trotzdem astronomisch. »Kann man denn da gar nichts machen?«, fragte Ralf. »Na ja«, meinte der Steinmetz, »billiger ist es natürlich, wenn Sie selbst einen Stein mitbringen.« Zwar glaubte Ralf, noch ein paar Ziegelsteine im Keller zu haben, aber letztlich verwarfen wir den Gedanken. Wir waren drauf und dran zu resignieren. »So sind nun mal die Preise«, erläuterte der Steinmetz, »da kann man auch nichts verhandeln. Es sei denn, Sie kennen privat einen Steinmetz. Der kann das dann natürlich auch billiger machen.« »Wir kennen aber keinen Steinmetz.« »Wieso? Sie haben mich doch gerade kennengelernt.« Wir sahen ihn verblüfft an. »Wieviel Geld haben Sie denn?«

400 Euro also, keine Steuern, keine Genehmigung von der Friedhofsverwaltung. Er meißelt das ein und legt den Stein auf das Grab, keine Rückfragen, das Geld in bar. Wenn irgendwer fragt, hat er nichts damit zu tun. Dann krächzte der Rabe und wir verabschiedeten uns.

Schon eine Woche später erhielten wir per Mail ein Foto von dem Grab, mit Stein und Inschrift. Wir waren zufrieden. Irgendwie war das eine Würdigung, deren Begleitumstände Dieter angemessen waren.

Schnupperschule

Sie hatten uns alle gewarnt. Seit Jahren schon. Dass wir im Wedding wohnen – gut, manche Schnurre lassen sie einem ja durchgehen. Er treibt ja sonst keinen Sport, haben sie gesagt, da ist es doch ganz gut, wenn er wenigstens mal ein bisschen vor den Schlägertrupps auf der Straße weglaufen oder sich unter die durch die Luft sirrenden Kugeln bücken muss. Doch bei Kindern, da waren sich alle sicher, da hört der Spaß aber mal auf. Da muss man in einen sicheren Stadtteil von Berlin umziehen. Nach Prenzlauer Berg oder Kleinmachnow oder Stuttgart.

Na ja, warten wir's mal ab, haben wir gesagt. Die Kita-Zeit verlief bisher immerhin schon mal recht erfreulich. Meistens sind die Kleinen ohne offene Verletzungen zurück nach Hause gekommen. Und die Klappmesser, die wir ihnen beim abendlichen Appell abgenommen haben, ließen sich im Internet-Casino um die Ecke gut verkaufen.

Nun aber wird der Große eingeschult. Im Wedding. Eine gewisse Nervosität macht sich breit. Sollten wir nicht doch umziehen? Aber: all die sozialen Bindungen! In einem anderen Stadtteil müsste man sich ja alles wieder neu aufbauen. Als ich letzte Woche etwa über die Seestraße zum Bäcker trottete, grüßte mich beim Warten auf das Fußgängergrün auf dem Mittelstreifen ganz enthusiastisch ein freundlicher asiatischer Herr: »Hallo, Herr Werning!« Ich hatte keine Ahnung, wer das war. Sicherheitshalber grüßte ich vorsichtig zurück. Dann bestellte er beste Grüße an meine Freundin. Ich wurde misstrauisch.

Was sollte das denn? Da endlich fiel der Groschen: Das ist der Mann vom *Asia House*! Der uns immer die Süßsauer-Ente bringt! Das ist doch Heimat, wenn einen die Lieferservice-Boten auf der Straße namentlich grüßen! Spätestens da war klar: Hier ziehst du nicht wieder weg!

Also müssen wir uns wohl oder übel doch mit dem Thema Weddinger Grundschulen beschäftigen. In unserem Einzugsbereich gibt es zwei davon: die Roland-Kaiser- und die Harald-Juhnke-Grundschule. Schwerpunkt der ersten: Hochbegabtenförderung. Schwerpunkt der zweiten: Theaterpädagogik. Ich bin kurz irritiert und schaue noch mal auf den Stadtplan. Doch, tatsächlich, beide im Wedding. Hochbegabtenförderung, so so. Ist sie das, die von allen gefürchtete Gentrifizierung? Werden die Weddinger bald von ihren eigenen Kindern verdrängt? Hochbegabtenförderung also. Wer hätte das gedacht? Aber gut, der Große kann fließend Deutsch, das sollte ja wohl reichen für Hochbegabtenförderung in einer hiesigen Grundschule. Trotzdem, das ist uns irgendwie zu elitär. Dann halt Theaterpädagogik. Wir melden ihn also bei Harald Juhnke an und erhalten prompt eine Einladung zum »Schnupper-Unterricht«.

An einem schönen Frühsommermorgen geht es los. Ich bin schon ein bisschen aufgeregt. Schnell packe ich für Kiran den Pausendöner in die Butterbrotdose. An der Schule angekommen, schließen wir erst unsere Fahrräder ab, dann setze ich Kiran einen Fahrradhelm auf. Er wirkt etwas überrascht. Ich erkläre ihm, er müsse ganz bestimmt keine Angst vor der Schule haben, aber sicher ist sicher. Als wir den Pausenhof betreten, versammeln sich sofort unzählige der kleinen Knöpfe um uns und starren Kiran an. So also haben sich die frühen Forschungsreisenden gefühlt, als sie in Eingeborenendörfer kamen, deren Einwohner noch nie zuvor den weißen Mann gesehen hatten. Ich teile ein paar Glasperlen aus, dann gehen wir ins Sekretariat und fragen nach dem Klassenraum. »Das ist im ersten Stock«, flötet die Sekretärin, »Moment, ich rufe nur rasch den Sicherheitsdienst, der geleitet Sie nach oben und hält Ihnen den Rücken frei.« Ob das denn nicht etwas übertrieben sei, frage ich vorsichtig, aber sie beruhigt uns: »Eigentlich alles gar kein Problem ...«, sie macht eine listige Kunstpause, bevor sie fortfährt: »Doch Sie müssen nun mal an den Fünftklässlern vorbei – und sicher ist sicher.« Wir lachen ausgelassen, Kiran guckt etwas unglücklich.

Dann führt sie uns durch das Gebäude. Alles sieht wahnsinnig nett und sympathisch aus. Ich bin schockiert. Das hätte es zu meiner Zeit nicht gegeben. Wie sollen die Kinder denn in so einer freundlichen Atmosphäre etwas Ordentliches lernen? In den Klassenzimmern sitzen sie nicht in Reih und Glied auf ihren Stühlen und lauschen einem gestrengen Lehrer, der vorne an der Tafel steht, sondern überall hocken die Kinder in kleinen Gruppen an ihren Tischen, auf irgendwelchen freundlich bunten und runden Plastedingern, auf denen sie nach Herzenslust kippeln können, und zwischen ihnen eilen die Lehrer wie emsige Honigbienen von Blüte zu Blüte – so was ist doch keine richtige Schule! Wahrscheinlich haben die ja nicht mal einen Rohrstock!

Dann zeigt unsere Begleiterin uns einen Raum, der mich wieder etwas beruhigt. Ein großes, mächtiges Pult steht da, eine riesige Tafel mit richtigen Kreide-Aufschriften, ordentlich harte Holzstühle und außerdem, das unverhoffte Wiedersehen versetzt mir direkt einen kleinen Stich ins Herz, ein gewaltiges Trumm, das mir aus meiner Kindheit noch gut bekannt ist: ein Tageslichtprojektor. Hach! Dass es so etwas noch gibt!

»Und das hier ist unser Museum«, erklärt die Sekretärin flötend, »hier können die Kinder mal sehen, wie Schule früher war.« Ich komme mir furchtbar alt vor. Kiran scheint sich etwas zu gruseln und möchte rasch weiter. Es folgt ein Chill-out-Room – der heißt tatsächlich so! –, merkwürdigerweise ganz ohne Shisha-Geruch. Und auch im Computerraum bin ich verwundert, weil auf den Bildschirmen kein einziger Ego-Shooter läuft. Wie sollen die Kinder denn da etwas fürs Leben lernen?

Endlich kommen wir in Kirans Klassenraum, und schon beginnt der Unterricht. Die Lehrerin läutet einmal kräftig mit einer Glocke, sofort reißen alle Kinder ihre Hände hoch und setzen sich rasch hin. Ich bin beeindruckt. Der Tisch, dessen Kinder am schnellsten waren, bekommt eine kleine Goldmünze in eine Schatzkiste. Am Ende der Woche, so erfahre ich, wird geschaut, wer am meisten Münzen gesammelt hat. Der kann dann aussuchen, was gespielt wird. Guck an. So lernen die Kinder schon mal, ohne mit der Wimper zu zucken möglichst rasch auf entsprechende Anforderung die Hände hoch zu nehmen. Das ist doch zweifellos schon mal sehr nützlich hier in der Gegend und hilft bereits im Vorfeld, unnötige Schussverletzungen zu vermeiden. Löblich. Auch der Ansatz, dass der, der die meiste Kohle hat, bestimmt, was gespielt wird, scheint mir erfreulich wirklichkeitsnah.

Kiran wird vorgestellt, sofort reißt ein Kind seinen Arm in die Höhe und stellt die erste Frage: »Aus welchem Land kommst du denn?« Kiran ist erkennbar irritiert, das kennt er noch nicht zur Begrüßung. Er wird sich dran gewöhnen müssen. Und lernen, an seiner Antwort zu feilen, denn offenkundig völlig verwirrt sagt er jetzt: »Aus Bayern.«

Daraufhin bricht einigermaßen Tumult aus. »Aus Bayern?« »Voll krass, ey!« »Zu welchem Kontinent gehört das?« »Essen die da halal?« »Sind deine Eltern auch vor einem bösen Diktator geflohen?« Kiran schaut mich hilflos an, während ich ruhig erkläre, dass zwar Kirans Mutter aus Bayern kommt und unter dem gefürchteten Franz-Josef I. aufgewachsen ist, dass Kiran selbst aber nur aus dem Wedding ist und sein Papa aus Münster. Jetzt bricht ein lebhaftes Geplapper darüber los, wer woher kommt – die Glocke ertönt, die Kinder reißen sofort die Hände nach oben und ergeben sich umstandslos. Bis dahin aber habe ich schon die halbe Besetzungsliste der UN gehört.

Am Ende habe ich gelernt, dass etwa ein Drittel der Kinder einen nahöstlich-arabischen Migrationshintergrund hat, ein weiteres Drittel deutsche Eltern, und das letzte schließlich eine erstaunliche Spannbreite von Norwegen über Russland bis Indonesien und Südamerika aufweist. Ein kleines Mädchen ist sogar aus dem Prenzlauer Berg. Die Lehrerin sagt, sie sei trotzdem gut integriert.

Gewinnerin des Migrantenquartetts ist allerdings Aishe, deren Mutter aus dem Libanon und deren Vater aus Syrien kommt, während Großmutter aus Marokko und Opa aus Tunesien stammen, wohin er aber zuvor aus Ägypten geflohen war. Da kommt Kiran mit Franken und Westfalen nicht gegen an.

Nach gut zwei Stunden endet unser Schnupperunterricht. Entgegen den allgemeinen Vorurteilen hatte ich den Eindruck, dass die Kinder allesamt sehr gut Deutsch konnten. Abgesehen von zwei oder drei Jungen vielleicht, aber die hatten auch sächsischen Migrationshintergrund. Alles in allem nährte der Besuch meine Hoffnung, dass es doch schon ganz in Ordnung ist, wenn wir weiter im Wedding wohnen bleiben und die Kinder hier in die Schule gehen. Beschwingt verabschieden wir uns.

Beim Rausgehen fällt mein Blick auf eine gerahmte Autogrammkarte an der Wand, darauf die Bundeskanzlerin und eine handschriftliche Widmung: »Für die Kinder der Harald-Juhnke-Grundschule! Der Besuch bei Euch hat mir viel Spaß gemacht. Eure Angela Merkel.« Fassungslos starre ich auf die Karte. Mich schaudert. Aber gut, man muss halt immer ein Auge darauf haben, dass die Kinder nicht in schlechte Gesellschaft geraten, ganz egal wo. Gefahren lauern nun einmal überall.

Wer in Berlin wirklich nervt

Ach ja, Touristen in Berlin, na, das ist ja wirklich voll das Aufreger-Thema. Gut, dass da jetzt alle drüber diskutieren.

Ich meine: Natürlich nerven die! Wie sie rechtschaffen übellaunige Berliner mit ihrer furchtbaren Lebensfreude provozieren! Wie sie durch die Straßen ziehen, sich betrinken und dabei offenkundig bester Laune sind. Sehen die denn nicht, dass es sich hier nun einmal so gehört, durch die Straßen zu ziehen, sich zu betrinken und dabei möglichst schlechter Laune zu sein? Und dann: Wie jung die oft sind, diese Touristen! Und wie gut die aussehen! Ein Schlag ins Gesicht für jeden aufrechten Berliner.

Und nur, weil diese »Touris« permanent Alkohol in sich hineinkippen, gibt es jetzt auch noch an jeder Ecke einen Spätkauf. Da sitzen sie dann davor oder ziehen saufend von »Späti« zu »Späti« und produzieren dabei unentwegt Lärm, und dazwischen kotzen und pinkeln sie in die Hauseingänge der Berliner. Man muss ja nur mal hingehen, in die Touristen-Ecken von Kreuzkölln, Friedrichshain, Prenzlauer Berg oder Mitte. Lärm, überall Lärm! Wo doch jeder weiß, dass der Berliner, der in Kreuzkölln, Friedrichshain, Prenzlauer Berg oder Mitte wohnt, vor allem deswegen dort wohnt, damit er seine Ruhe hat. Denn wozu ist der Berliner, der in Kreuzkölln, Friedrichshain, Prenzlauer Berg oder Mitte wohnt, schließlich überhaupt hier hergezogen? Damals, aus Hildesheim oder Tuttlingen oder Bad Salzuflen oder Quakenbrück. Damit er endlich seine Ruhe hat!

Und weil diese ganzen besoffenen Touristen, obwohl sie ja sowieso nachts nicht schlafen, sondern lärmen und somit die heilige Bettruhe des Berliners, der in Kreuzkölln, Friedrichshain, Prenzlauer Berg oder Mitte wohnt, stören – weil sie aber eben trotzdem alle irgendwelche Übernachtungsmöglichkeiten haben wollen, werden jetzt an allen Ecken und Enden Hostels und Ferienwohnungen geschaffen, mit Parkplätzen für ihre Bierbikes und vierspurigen Zufahrten für ihre Rollkoffer. Dann steigen die Mieten, und überall ziehen Sushi-Bars ein. Und die Berliner, die bislang in Kreuzkölln, Friedrichshain, Prenzlauer Berg oder Mitte wohnten, können sich Kreuzkölln, Friedrichshain, Prenzlauer Berg oder Mitte nicht mehr leisten und müssen nach Marzahn, Hellersdorf, Weißensee oder Spandau ziehen. Wo Grabesruhe herrscht. Ruhe! Als wäre das einem Berliner, der zuvor in Kreuzkölln, Friedrichshain, Prenzlauer Berg oder Mitte gewohnt hat, zuzumuten! Übrig bleiben dann nur noch die neu zugezogenen Schnösel, also diejenigen, die aus Hildesheim oder Tuttlingen oder Bad Salzuflen oder Quakenbrück hier hergezogen sind in die schicken Szene-Bezirke, die sich die Mieten noch leisten können, die die Sushi-Bars bevölkern und die die ursprünglich hier lebenden Berliner – also jene, die zuvor schon aus Hildesheim oder Tuttlingen oder Bad Salzuflen oder Quakenbrück hierhergezogen sind – jetzt einfach verdrängen. Und was ist die Folge? Die Innenstadt wird veröden! Denn wenn jene Berliner, die zuvor in Kreuzkölln, Friedrichshain, Prenzlauer Berg oder Mitte gelebt haben, alle in Marzahn, Hellersdorf, Weißensee oder Spandau leben, dann werden Kreuzkölln, Friedrichshain, Prenzlauer Berg oder Mitte bald so ruhig sein, wie es sich jene Berliner, die zuvor in Kreuzkölln, Friedrichshain, Prenzlauer Berg oder Mitte lebten und die sich immer so über die lärmenden Touristen aufregten, immer schon gewünscht haben. Und dann machen sie nacheinander alle wieder zu, die Sushi-Bars und die Spätkäufe.

Wie gut, dass ich im Wedding wohne. Wenn ich nachts über das Erbrochene in unserem Hauseingang steige, dann weiß ich wenigstens, dass das autochthone Kotze ist, ehrlich ertrunken aus einem der fünf Spätkaufs in unserem Block, die niemals ein Tourist betreten wird. Und ich kann mich daran erfreuen, dass kein Geschrei von irgendwelchen Spaniern an mein Ohr dringt, denn das Gegröle nachts auf der Seestraße ist noch authentisch selbst gemacht von echtem, einheimischem Prekariat.

Aber natürlich gehen sie mir auch auf die Nerven, die Touristen. Sie sind nämlich fast so unerträglich wie jene sich offenkundig aus geistiger Verwirrung links empfindenden Berliner in Kreuzkölln, Friedrichshain, Prenzlauer Berg oder Mitte, die sich jetzt allen Ernstes über die Touristen beschweren, weil es einfach zu viele würden, weil die sich schlecht benähmen und weil sie, die Original-Berliner, sich deshalb fremd im eigenen Kiez fühlten. Man muss in der Klage so eines Polit-Deppen nur das Wort »Touristen« gegen »Türken« austauschen, schon hat man einen 1a-Originalton der Sarrazin-Fans und Heimatschutz-Aktivisten.

Fast so sehr auch nerven die Touristen wie jene Berliner, die vor, sagen wir: 20 Jahren aus Hildesheim oder Tuttlingen oder Bad Salzuflen oder Quakenbrück hier hergezogen sind und es gar nicht fassen können, dass ihr Kiez anschließend nicht einfach in Kunstharz gegossen worden ist.

Damit alles so bleibt, wie es genau zu dem Zeitpunkt war, als sie dort angekommen sind. Richtig schön war das damals nämlich, vor sagen wir: 20 Jahren. Als sie die Gegend doch überhaupt erst mal richtig wohnlich gemacht haben. Nachdem die Leute, die zuvor dort gelebt haben, endlich weg waren.

Und fast so sehr schließlich nerven die Touristen wie jene Berliner, die jetzt neu nach Kreuzkölln, Friedrichshain, Prenzlauer Berg oder Mitte gezogen sind, in ihre energieeffizienten Townhouses mit den solarthermischen

Grauwassernutzungsanlagen, in ihre Turn-of-the-century-Lofts, diese Wichser mit ihren After-Work-Places!

Die wiederum annähernd so sehr nerven wie jene Arschlochberliner, die mit einer vollständig verfehlten Stadtentwicklungspolitik und ihrer Gier nach Spekulationsgewinnen überhaupt erst dafür gesorgt haben, dass die Wichser mit ihren Townhouses, Turn-of-the-century-Lofts und After-Work-Places alles mit ihren Townhouses, Turn-of-the-century-Lofts und After-Work-Places vollmachen konnten!

Man kann für Berlin also durchaus präzise zusammenfassen: Sie nerven einfach alle! Die lärmenden, saufenden und überall hinpinkelnden Touristen genauso wie die lärmenden, saufenden und überall hinpinkelnden Ureinwohner; die Gentrifizierer ebenso wie die Gentrifizierungsgegner; die Prekarianer genauso wie die Aufwertungsgewinnler; die neu Zugezogenen genau wie die zuvor Zugezogenen und erst recht wie die schon davor Zugezogenen.

Kurz gesagt: Das Problem von Berlin sind die Menschen, die sich darin aufhalten.

Nun könnte man natürlich fragen: Was zum Teufel willst du denn hier? Die Antwort ist einfach: Ich esse gerne Sushi. Und ich weiß es zu schätzen, jederzeit im Spätkauf ein Bier zu bekommen. Ich bin nämlich aus Westfalen zugezogen. Ich weiß, wie es ist, dort zu wohnen, wo es keine Sushi-Bars und keine Spätkaufs gibt. Und über die Landbevölkerung, da haben wir ja noch gar nicht geredet.

Wo die Liebe hinfällt

Aus Gründen, die zu komplex sind, um sie hier zu erläutern, hatte ich eines Samstagabends in Alt-Mariendorf zu tun. Nun bringt die U-Bahn mich von dort zurück nach Berlin. Aus Gründen, die ebenfalls zu komplex sind, um sie hier zu erläutern, habe ich im Gepäck eine Dose mit Madagassischen Fauchschaben. Genauer: *Gromphadorrhina portentosa.* Vulgo: Riesenkakerlaken. Wirklich riesige Riesenkakerlaken. Ich habe sie in einer Plastikdose, gut verborgen in meinem Rucksack.

Das Fahrgast-Panoptikum wandelt sich von Station zu Station, immer mehr hippe Prenzlhain- und Mitte-Typen steigen zu. Auch die Parfüm-Konzentration in der Luft steigt zunehmend an. Versonnen betrachte ich die Szene, als etwas meine Aufmerksamkeit auf sich zieht. Da war doch ...? Da, tatsächlich. Das ist ja ein lustiger Zufall. Ein kleines Insekt krabbelt über den Boden. Eine ... eine Schabe. Fast lächele ich über diese Koinzidenz der Ereignisse, als es mir plötzlich siedend heiß durch den Kopf schießt: Ob das eine von meinen ...? Ist die Dose etwa ...? Da waren schließlich auch Jungtiere mit dabei ...

Panisch schaue ich auf meinen Rucksack, öffne ihn vorsichtig ... verdammt! So unauffällig wie möglich mache ich ihn schnell wieder zu und hoffe inständig, dass die Tiere keine größeren Löcher oder Schlitze finden, damit nicht noch mehr nach draußen kommen. Und bitte erst recht keine von den Großen!

Das Schabenbaby krabbelt derzeit etwas hektisch auf dem Boden mir gegenüber zwischen den Füßen der

Samstagnacht-Partygänger umher. Ich schaue so unauffällig wie möglich in die andere Richtung. Bloß nichts anmerken lassen. Aus den Augenwinkeln verfolge ich die Route meines Ausbrechers. Eine vielleicht achtzehnjährige, ebenso schwer beschminkte wie leicht bekleidete blondierte Club-Gängerin, giggelt laut und erkennbar alkoholisiert mit ihrer ganz pink gewandeten Freundin über ihrem Smartphone, sie scheinen sich lustige Filmchen zu zeigen. Dabei schlägt sie ständig ihre Beine neu übereinander, ihr Fuß dengelt auf den Boden. Das war knapp: Er schlägt direkt neben dem Kerf auf. Die Schabe rennt panisch in die Gegenrichtung, doch direkt vor ihr geht schon wieder das modische Geschoss nieder. Verdammt, denke ich, warum trifft sie denn nicht, dann wäre das Problem erledigt.

Wäre es nicht. Rechts von mir sehe ich ein zweites Tier, schon deutlich größer. Oh je. U-Bahnhof Friedrichstraße, ein großer Schwung Leute steigt hinzu, die Plätze werden neu gemischt, da, endlich: Schabe Nummer eins hat es erwischt. Ein gegelter Mittzwanziger hat sie unter seinem Lackschuh begraben, ohne etwas mitbekommen zu haben. Sehr gut. Schabe zwei dagegen ist noch quicklebendig und krabbelt eilig weiter in Fahrtrichtung, da quiekt es plötzlich. Ich schaue demonstrativ in die Gegenrichtung. Lektion eins in der Großstadt. Nie gucken, wenn irgendwo irgendwas quiekt. Erst recht nicht, wenn die eigenen Kakerlaken der Grund für den Tumult sein könnten. Und sie sind es, wie ich dem Gekreische einer aufgedonnerten Disco-Schönheit entnehme: »Ih, was ist denn das für ein Vieh, das ist ja voll widerlich, igitt, tu was.« »Was soll ich denn tun?«, quakt ihr Begleiter. »Na, tritt drauf oder so!«, schreit das Discogirl erneut, und die Frage, die sich mir direkt aufdrängt, wird in erfreulicher Deutlichkeit auch von ihrem Begleiter gestellt: »Und wieso machst du es nicht selbst?« »Aber das ist doch widerlich! Du bist doch hier der Typ, oder wie!« Und deshalb also fürs Widerliche zuständig, denke ich, das wirft ja auch ein interessantes Licht auf diese Beziehung. Die Sache würde mich eigentlich amüsieren, aber ich gucke weiterhin angestrengt woanders hin und immer mal wieder besorgt auf meinen Rucksack. Es ist nicht auszumachen, wo das Leck sein könnte, aber ich will ihn jetzt auch nicht zu auffällig untersuchen. Schräg gegenüber eskaliert die Lage: »Ey, was bist denn du für'n Typ, du bist ja für gar nichts zu gebrauchen, du Opfer!«, schreit das Girlie nun, »Ey, mach doch selbst, du Schlampe, so was läuft doch bei dir in der Küche sowieso in Massen rum«, geht der Gescholtene in die Offensive. Jedenfalls nimmt sich nun ein dritter, bislang unbekannter Akteur ein Herz, ein ordentlicher Proletarier im bekleckstenBlaumann. Er tritt kurzentschlossen zu, die Schabe ist platt. Interessiert hebt der Malocher seinen Schuh und betrachtet neugierig den Kakerlakenkadaver. »Das ist aber 'n seltsamer Käfer«, grummelt er und erweist sich damit als guter Beobachter. »Siehste, und du stellst dich wer weiß wie an, oh Mann, ey«, blökt die Frau mit der Küche, die Bahn hält, U-Bahnhof Reinickendorfer Straße, wutentbrannt springt sie auf und verlässt den Wagen. Der Abend wäre für die beiden also gelaufen. Ein womöglich junges deutsches Glück, zerstört von einer schwarzen Schabe aus Afrika. Wenn davon Thilo Sarrazin erführe!

Ich entspanne mich. Zu früh allerdings: Erneut erstarre ich. Eines der großen Tiere hat sich auch befreit. Und groß, das heißt bei Madagassischen Fauchschaben – nun ja: groß eben. Knappe zehn Zentimeter ist das Tierchen lang. Und leider schon außerhalb meiner Reichweite. Gerade gehen die Türen zu, ich kann also auch nicht mehr aus dem Wagen flüchten. Zunehmend panisch überlege ich, ob ich noch irgendwie eingreifen kann, da kreischt es auch schon wieder. Gut, jetzt haben wir wirklich ein Problem. »Was ist das denn!«, schreit eine eher verlebt wirkende Saturdaynight-Partylady, die vermutlich noch das Tanzbein im *Biertempel* schwingen will, andere fallen ein, manche springen auf. Ich überlege kurz, das Tier einfach einzusammeln, aber wie könnte ich das bewerkstelligen, ohne dass der Verdacht auf mich fiele? Nein, zu gefährlich, wer weiß, ob nicht die nächste schon an meinem Rucksack krabbelt. Ich will nach Hause. Drei Stationen nur noch!

Die adulte Schabe jedenfalls löst eine Massenpanik im Abteil aus. Mehrere Leute springen davon. Mancher von ihnen dürfte in diesem Moment bereuen, genommen zu haben, was auch immer er zuvor genommen hat. Ein offensichtlich schwer alkoholisierter, bleicher, zauselig bärtiger Mann im zeitlos löchrigen Hemd murmelt etwas verzweifelt wirkend vor sich hin: »Ja, Mäuse. Dassde Mäuse siehst, dit hab ick ja schon jehört. Aber doch nich sowas! Is doch scheiße allet.«

»Meine Güte«, grummelt der Blaumann, »wird ja wohl nicht giftig sein«, und er geht entschlossen auf das Rieseninsekt zu. Ich mag gar nicht hinschauen, das wird sicher eklig. Ich wende mein Gesicht in böser Vorahnung ab, da ruft plötzlich jemand: »Ey, Alter, stopp mal!« Ich blicke erstaunt auf, der Blaumann ebenfalls. Ein vielleicht zwanzigjähriger Migrationshintergründler stürmt nach vorne, »ey, kannst du doch nicht einfach zertreten, ist voll das coole Tier! Total prächtig!« Der Blaumann schaut ihn fassungslos an, der mutmaßliche Turkoberliner hockt sich nieder vor der Fauchschabe, die ebenfalls verblüfft innehält. Der Rest des Wagens blickt gebannt auf die Szene. »Ey, echt!«, ruft der Adoleszente, »ist wirklich 'ne Fauchschabe! Cool!« Er nimmt die Schabe, die stilecht sofort zu fauchen beginnt. Das klingt eindrucksvoller, als man glaubt. Erst recht samstagnachts in einem mit entgeistert schweigenden Menschen voll besetzten U-Bahn-Wagen. Die Menge schaut auf den heldenhaften Schabenbändiger. Der strahlt übers ganze Gesicht. »Ey, krass! Voll süß!«, und nun fast zärtlich zur Schabe: »Ey, wo kommst du denn bloß her?« Glücklich lächelnd setzt er sich auf die Bank, die Schabe fest im Griff, die er durch gelegentliches Anstupsen immer wieder zum Fauchen bringt. Der Blaumann zuckt mit den Schultern und lässt sich auf seinen Sitz fallen, die anderen bemühen sich, schnell wieder ihre metropolitane Contenance zu erlangen und sich in coole Großstädter zurückzuverwandeln, die sich von nichts aus der Ruhe bringen lassen. Alle setzen sich, lassen aber doch einen eher unüblichen Sicherheitsabstand zu Mann und Insekt. Am U-Bahnhof Leopoldplatz steigen die beiden aus. Was für ein schönes Paar, denke ich. Ich wünsche ihnen viel Glück für die gemeinsame Zukunft.

Betriebsprüfung

Ich möge die Sache bitte ernst nehmen, bläut der Steuerberater mir ein. Denn es droht eine Betriebsbegehung im Rahmen einer Betriebsprüfung. Der Betrieb, das bin ich. Die kleine Einpersonenfirma, ansässig in Berlin-Wedding, mit einem Arbeitszimmer zum Innenhof, an dessen Fenster mein Schreibtisch steht, auf diesem wiederum mein Computer, in den ich tippe, was ich durch das Fenster sehe. Dazu ein Bad, weil das halt in der Wohnung drin war, und eine Küche, weil ich nur schreiben kann, wenn für eine angemessene Zufuhr von Kaffee gesorgt ist. Den zugehörigen Kaffeeautomaten hatte ich seinerzeit leider vergessen, von der Steuer abzusetzen. Die Arbeitsräume hingegen nicht. Eigentlich eine klare Sache, sollte man meinen, denn ich wohne mit meiner Familie längst in einer anderen Wohnung, ein Stockwerk höher.

Es sei aber von großer Bedeutung, so betont der Steuerberater, dass kein Zeichen auf eine private Nutzung hindeute. Nichts, gar nichts. Auch nur der Hauch einer privaten Nutzung könne dazu führen, dass der Status als Betriebsräume aberkannt würde.

Versonnen streife ich durch meine Arbeitswohnung. Philippe Djian fällt mir ein, der französische Schriftsteller. Der schrieb einmal darüber, wie seine Freundin ihm beim Schreiben immer mal zwischendurch auf seinem Schreibtischstuhl einen blies.

In Frankreich, dem Land von *mon amour*, ist so was einfach flirrende Erotik. In Deutschland stellte sich da eine ganz andere Frage: Sex im steuerlich abgesetzten Autoren-Arbeitszimmer – ist das noch Recherche oder schon Steuerhinterziehung?

Vor allem, das wird mir bald klar, stellt die Waschmaschine ein Problem dar. Denn auch wenn Schreiben mitunter eine schweißtreibende Angelegenheit ist, dass ich die nur beruflich nutze, das glaubt der Prüfer mir nie. Die stand halt immer schon da unten, seit der Zeit, als ich noch Single war und in diesem Loch richtig gewohnt habe. Natürlich haben wir die einfach stehen lassen.

Ein Anruf beim Steuerberater bestätigt die Befürchtungen: Das geht auf keinen Fall, die Waschmaschine muss weg. Wenigstens für den Tag der Betriebsbegehung.

Jetzt könnte ich natürlich Freunde anrufen und sie bitten, mir zu helfen, das Ding ein Stockwerk höher zu tragen. Allerdings stehe ich dann sofort wieder in ihrer moralischen Schuld, bei ihren andauernden Umzügen mithelfen zu müssen. Und müsste auch noch selbst anpacken. Aber der Rücken! Die Kosten-Nutzen-Abwägung ist klar – bloß nicht. Also brauche ich professionelle Hilfe.

Im Briefkasten liegen ja immer diese Umzugs- und Entrümpelungswerbezettel. Ich rufe bei einer der Nummern an, Max Kawatzke aus Tegel, ein solides Umzugsunternehmen, das »individuelle Lösungen für jedes Problem« verspricht. Ich schildere meines: »Guten Tag, ich bräuchte bitte jemanden, der mir am kommenden Montag eine Waschmaschine einen Stock höher trägt. Und am nächsten Tag bitte wieder runter.« Schweigen am anderen Ende der Leitung. Ich hake nach: »Hallo?« Es schnauft auf der anderen Seite: »Hören Sie, wir sind ein seriöses Umzugsunternehmen!« »Ja, eben«, setze ich nach, »also, ich bräuchte jemanden ...« Aufgelegt.

Nummer zwei. Moritz Kuwatzki aus Reinickendorf. Auch dort Irritation über mein Ansinnen, aber immerhin, man würde es machen. Allerdings ist das kleinste buchbare Umzugspaket der Lieferwagen samt zwei Trägern für eine Stunde für 150 Euro. Macht also 300 Euro. Aber ich brauche doch gar keine Pakete, argumentiere ich hilflos, ich brauche nur jemanden, der mir die Waschmaschine trägt. Die aber wird nur im Umzugspaket getragen, werde ich belehrt. Ich lehne dankend ab.

Support your local mover, denke ich, und forsche im Internet nach Weddinger Adressen, vielleicht gelingt es mir ja, dort jemanden zu überreden, das mal zwischendurch einzuschieben. Da, Murat Küwütckü. Na, hoffentlich kann ich ihm rein sprachlich überhaupt vermitteln, was ich will. Ich rufe an und schildere mein Problem ganz langsam und deutlich. Sicherheitshalber setze ich, ehe er was sagen kann, noch mal nach: »Also, *eine* Waschmaschine. *Ein* Stockwerk höher. Für *einen* Tag. Dann wieder *ein* Stockwerk runter. Vastehstu?« »Selbstverständlich«, sagt Küwütckü, »können wir machen. Betriebsprüfung, was?« Ach, schau an.

Ich frage ihn, was das kostet, er sagt, ich soll ihm einfach was in die Kaffeekasse tun. Parallelgesellschaften, meinetwegen. Aber wenigstens funktionieren sie.

Am Montagmorgen steht Küwütckü mit einem Kollegen pünktlich vor der Tür. Im Nu haben sie die Waschmaschine nach oben geschafft, ich drücke ihnen etwas Geld für die Kaffeekasse in die Hand. Küwütckü schaut sich flüchtig in der Wohnung um und sagt: »Das Kinder-Schutzgitter am Herd müssen Sie aber auch abnehmen.« Oh. Das hätte ich glatt übersehen. »Und da, auf dem Schrank, die Kuchenformen, die müssen weg. Kuchen kriegen Sie nicht durch, nicht mal, wenn Sie behaupten, die als Werbegeschenke zu backen.« Wahrscheinlich hat Küwütckü Recht. »Und das Bett da, das muss auch weg.« »Das Bett? Aber hier übernachten dauernd Kollegen, Künstler, Autoren, Wissenschaftler, das gehört zu meinem Beruf.« »Machen Sie's weg, da reden Sie sich den Mund fusselig, und am Ende fangen Sie an, über Nutzungsprozente zu feilschen. Kommen Sie, wir tragen's Ihnen eben hoch.« Mein Protest ist zwecklos, schon steht das Bett im Kinderzimmer einen Stock höher. Dann verabschiedet Küwütckü sich. »Und machen Sie noch überall so Papierstapel hin, das sieht glaubwürdiger aus.«

Am Nachmittag ist es dann so weit. Vor der Tür steht mein Steuerprüfer. Beziehungsweise meine Steuerprüferin. Sie sieht atemberaubend gut aus, eine elegante Erscheinung, jung, blond, attraktiv, mit umwerfendem Charisma und einer unwiderstehlichen erotischen Ausstrahlung. Sofort tut es mir leid, dass ich das Bett aus der Wohnung geschafft habe. »Darf ich mich vorstellen? Aurora da Cancetti«, haucht sie mir entgegen und schwebt in die Wohnung. Benommen mache ich ihr Platz. Sie schaut sich alles in Ruhe an. Meine Fauchschaben gefallen ihr besonders gut, auch weil sie so nett zischen, als sie sich über ihr Terrarium beugt. Ich muss mich sehr beherrschen, um nicht spontan vor ihr niederzusinken und ihr einen Heiratsantrag zu machen.

Viel zu schnell ist die Prüfung vorbei, leider hat sie rein gar nichts zu beanstanden, es gibt nicht mal einen Grund für Diskussionen. Etwas ratlos stehe ich anschließend allein in meinen nunmehr staatlich anerkannten Betriebsräumen.

Am nächsten Morgen klingelt Küwütckü mich aus dem Bett und will die Waschmaschine wieder nach unten tragen. »Und? Wie isses gelaufen?«, fragt er. »Gut«, antworte ich mit sehnsüchtiger Stimme, »sehr gut. Und bringen Sie bitte unbedingt auch das Bett wieder nach unten.«

P.S.: Sehr geehrte Frau Komatowksi! Falls Sie das hier jemals lesen sollten: Das ist eine Geschichte! Literatur! Da war nie eine Waschmaschine! Wirklich nicht! Auch kein Kinderschutzgitter am Herd! Wo denken Sie hin? Das ist alles frei erfunden. Sie sehen doch, wie ich die Steuerprüferin beschrieben habe! Na also.

Die Tiere unserer Heimat

Ein schöner Sommertag am Badesee. Die Kinder planschen im Wasser, ich liege im Halbschatten unter einem Baum und lasse den Blick entspannt über die Szenerie schweifen, als es plötzlich laut und vernehmlich am rechten Ende des kleinen Sandstrandes ein lautes Geschrei gibt. »Eine Schlange! Eine Schlange!«, quieken Kinder, sofort bricht ein kleiner Tumult aus: Einige rennen weg, andere kommen angerannt, je nachdem, ob Angst oder Neugier überwiegen. Dann kommt ein in Grün gekleideter junger Mann, lässt lässig einen Haken an seinem langen, metallischen Griff durch die Luft wirbeln, in der anderen Hand trägt er einen großen Plastikeimer, und einige Augenblicke später sieht man, wie er am Haken eine kleine Schlange durch die Luft schweben und im Eimer landen lässt.

Das interessiert mich nun doch auch. Als ich am Ort des Geschehens ankomme, klappert es lautstark und erbost aus dem Eimer. Oha. Ja, das sei eine kleine Östliche Diamantklapperschlange, bestätigt der Ranger, nichts Außergewöhnliches, die kröchen hier immer wieder mal herum. Die Kinder zerstreuen sich wieder, einige gehen zurück ins Wasser, wo hinter der Absperrung ein großer Alligator träge vorbeidümpelt. Daran stört sich hier niemand. Schön war es an den Wapuchi Springs im Norden Floridas.

Zwei Jahre später: Ein schöner Sommertag am Badesee. Ach, machen wir es kurz: Kinder am Wasser, ich im Schatten, Schlange am Strand, großes Geschrei. Sehr großes Geschrei. Hysterisches Geschrei. Allerdings ist kein Ranger zur Stelle, hier im Freibad Plötzensee im Wedding. Da muss ich mich wohl selbst bequemen. »Eine Schlange! Eine Schlange!«, kreischen die Kinder, und natürlich: »Die ist bestimmt giftig! Achtung, sie greift an!« Davon allerdings kann keine Rede sein. Die kleine Ringelnatter ist offenkundig in heller Panik, weil sie von allen Seiten von Kindern eingezingelt ist, und jetzt hat sie sich zur Flucht nach vorne entschlossen und versucht, davonzuschlängeln. Ein tätowierter Twentysomething-Postproletarier im Muscle-Shirt kommt mit einem Softballschläger hinzugeeilt. Verdammt, jetzt muss ich doch eingreifen. Kaum anzunehmen, dass er mit dem Ding die Schlange elegant in die Ufervegetation geleiten will, dazu müsste man ihr ja eigentlich auch bloß etwas Platz lassen. »Nein, alles in Ordnung, lasst mich mal machen«, rufe ich und schnappe mir das Schlängelchen, offenbar ein schon etwas mitgenommener Schlüpfling dieses Jahres. Eindrucksvoll ist was anderes. Die Natter pfeift aus dem letzten Loch. Alle starren mich fassungslos an. Vermutlich erwarten sie, dass ich gleich tot umfalle. Weil das Monstrum mir einen tödlichen Giftbiss versetzt. Oder mich erwürgt und anschließend verschlingt. Man hört ja die tollsten Sachen von diesen Schlangen.

Die Schlange pfeift in der Tat aus dem letzten Loch. Vielmehr: Pfeifen trifft es nicht ganz, es ist mehr ein Schwallen, direkt aus der Kloake. Igitt. Auch das noch. Das stinkt ja noch in Tagen, das kriegt man einfach nicht ab. Egal, bloß nichts anmerken lassen. »Ist die gar nicht giftig?«, fragt ein kleines Mädchen, und der um seine Heldenrolle gebrachte Muskelmann lässt noch etwas seinen Schläger kreisen und grunzt: »Hey, pass bloß auf, bleib weg damit, nicht, dass die noch angreift!« Angreift? Was soll die denn angreifen, außer vielleicht einen Jungfrosch?

Aber immerhin, die Sache ist für alle Beteiligten halbwegs glimpflich ausgegangen. Keineswegs selbstverständlich bei der hochbrisanten Begegnung einheimische Ringelnatter – Mensch. Denn in letzter Zeit wird da mindestens ein Feuerwehreinsatz fällig. Wer das Ausmaß an Unwissen und Beklopptheit schwarz auf weiß sehen will, dem empfehle ich, bei »Google News« das Stichwort »Ringelnatter« zu abonnieren. Dann bekommt man regelmäßig so schöne Geschichten wie diese hier aus der *Chemnitzer Morgenpost* auf den Bildschirm: »Giftschlangen-Alarm: Polizei jagte Natter.« Es fängt an wie in einem klassischen Horrorfilm: »Sonniges Idyll gegen 17 Uhr in der Anlage Waldesruh: Kleingärtner gossen ihre Beete, während eine Familie zufrieden die Frösche in ihrem Teich beobachtete. Doch plötzlich machte es Schnapp! – und ein Frosch zappelte im Maul einer großen, exotisch aussehenden Schlange!« Oh, oh, exotisch aussehend, groß. Da ist bestimmt wieder einem dieser verrückten Reptilienhalter die Königskobra ausgebüxt. Wir ahnen das Schlimmste: »In Todesangst alarmierte der Gartenbesitzer Nachbarn und die Polizei: ›Kommen Sie schnell! Hier ist eine giftige Schlange!‹ Sofort rückten mehrere Beamte aus, forderten Verstärkung vom Falkensteiner Tierpark an.« Nachdem also offenbar eine Hundertschaft örtlicher Sicherheitskräfte vor Ort war, konnte der Tierpark-Chef dann Entwarnung geben: eine Ringelnatter. »Eine sehr große Ringelnatter«, immerhin, wie der Polizei-Sprecher zur Gesichtswahrung aller Beteiligten noch betont. Offenbar hatten die Beamten das Reptil erst einmal in Schutzhaft genommen, denn: »Nach all der Aufregung durfte sie in die Freiheit kriechen.« Wir halten also fest: Da taucht, mitten in ihrem natürlichen Verbreitungsgebiet mitten in einem typischen Habitat eine durchaus häufig zu nennende einheimische Tierart auf, eine Ringelnatter eben, und die macht, was Ringelnattern halt so machen, nämlich einen Frosch fangen, und die umstehenden Menschen geraten in Todesangst, rufen die Polizei, die wiederum Verstärkung anfordern muss, gemeinsam fangen sie dann das Tier unter

Umständen, die wir lieber gar nicht wissen wollen, und anschließend muss ein Experte aus dem Zoo den Leuten sagen, dass sie, nun ja: einer Ringelnatter begegnet sind.

Der Artikel schließt mit der Bemerkung: »Das Vogtland ist für seine exotischen Tier-Kapriolen bekannt«, um dann entlaufene Stinktiere und Waschbären anzuführen. Und in der Bildunterschrift lesen wir die präzise Zusammenfassung: »Eine riesige Ringelnatter sorgte in einer Kleingartenanlage für Angst und Schrecken.«

Ich will nichts mehr hören von Elitenförderung. Ich will auch nichts hören davon, dass die Schulen die Schüler stärker auf das Berufsleben vorbereiten sollen, auf das Studium, das Internet oder was auch immer. Ich will, dass jeder einzelne Schüler, der auch nur irgendeinen Abschluss haben will, in der Lage ist, eine läppische Ringelnatter zu erkennen. Das ist doch nicht zu viel verlangt! Ansonsten sollte man über den ganzen anderen Kram gar nicht erst nachdenken: Führerschein, Wahlrecht, Reisefreiheit – nichts da! Erst, wenn die Brut mindestens die zwanzig wichtigsten einheimischen Bäume sicher bestimmt. Kein Internetzugang, wenn man keinen Molch von einer Eidechse unterscheiden kann! Kein Handyvertrag, wenn man keine Unkenrufe erkennt! Und keine verdammte Flatrate, wenn man die Unken nicht auf einer Bierflasche imitieren kann! Das ist wirklich ganz einfach! Und so lange verschwindet mit euren doppelt abgeleiteten Differentialgleichungen, dem Aufbau der DNA, den digitalen Netzwerkprotokollen und erst recht mit dem Grundwissen Finanzwirtschaft, oder was noch so alles in letzter Zeit immer häufiger als Lerninhalt an den Schulen gefordert wird! Wer keine Ringelnatter erkennen kann, sollte mit so etwas wie Finanzwirtschaft erst gar nichts zu tun haben dürfen! Man sieht doch, was dabei rauskommt!

Großes Geschrei vor unserem Haus in der Seestraße. »Ruft die Feuerwehr! Hier ist eine gefährliche Schlange!« So, so. Da gehe ich doch lieber mal gucken. »Da, im Grünstreifen! Eine exotische Schlange! Holt die Feuerwehr!«, ruft einer der Freikirchler aus dem Christencafé im Vorderhaus, der mit seinen aufgeregt hin und her hopsenden Glaubensbrüdern und -schwestern auf den Grünstreifen zwischen Bürgersteig und Fahrradweg zeigt. Ich nicke beschwichtigend und schaue in das Gebüsch.

Oha. Da liegt tatsächlich eine ganz stattliche Schlange. Zum Glück sind Königspythons ja äußerst umgänglich. Ich schnappe mir das Tier. Die Christen quieken. Ich halte ihnen die unterarmdicke Schlange vor die Nase: »Na, wolltet ihr den Weddingern wieder Rhabarberkuchen andrehen und ihnen dann was von Jesus erzählen? Sehet die Zeichen, die der Herr euch gesendet hat!« Sie verschwinden fluchtartig in ihrem Laden. Vermutlich müssen sie jetzt erst mal wieder ein paar Stunden in ihrem Singekreis tanzen und mit diesem Altmetall herumrasseln, ehe sie wieder zu sich kommen.

Den anderen Weddingern, die sich inzwischen um uns zusammengerottet haben und den Python und mich anstarren, rufe ich zu: »Habt ihr noch nie ’ne Ringelnatter gesehen, oder was?« Sie trollen sich, enttäuscht grummelnd. Mit dem Reptil in der Hand gehe ich wieder zurück ins Haus.

Das nächste Mal allerdings, nehme ich mir ganz fest vor, das nächste Mal achte ich aber wirklich darauf, dass ich die Schiebescheiben nach der Fütterung auch ganz sicher zumache, wenn ich mal wieder das Terrarium von meinem Kumpel Matthias zur Urlaubsvertretung bei mir herumstehen habe.

Einschulung

Hurra! Wir werden eingeschult! Wir sind zwar ziemlich nervös, wie das wohl werden wird, aber wir freuen uns. Also, ich zumindest. Bei Kiran selbst bin ich da nicht so sicher. Seit Wochen schon wird er von jedem Erwachsenen, der ihm begegnet, gefragt: »Du kommst doch jetzt in die Schule – freust du dich schon?« Er hat schnell gelernt, dass eine ehrliche Antwort, sagen wir: »Weiß nicht«, umgehend zu nicht enden wollenden, belehrenden Ausführungen des Gegenübers führt. Jetzt nickt er immer, sagt »ja« und läuft schnell weg.

Dabei sind wir wirklich schon sehr neugierig, wie das wird. Spätestens, seit wir die Sachen von der Checkliste gekauft haben, die uns die Schule zuvor geschickt hatte.

»Eine Checkliste von der Schule?«, fragt meine Mutter am Telefon, »wozu soll das denn gut sein?«

»Na ja, da steht halt drauf, welche Sachen die Kinder für die Schule brauchen, was für Stifte und so.«

»Ihr habt damals einfach einen Füller bekommen und ein Heft, wozu braucht man denn da eine Checkliste?«

»Vielleicht, damit wir den Kindern keinen Füller kaufen. Der stand nämlich nicht auf der Liste.«

»Kein Füller?«

»Nein, kein Füller.«

»Womit schreiben die denn dann?«

»Mit Bleistift.«

»Mit Bleistift? Damit kann man doch nicht richtig schönschreiben! Ist das eine Gesamtschule?«

Jetzt also wieder Schule. Exakt 22 Jahre, nachdem ich das letzte Mal von einem Schulhof gegangen bin. Und das war damals in Westfalen. Heute ist es der Wedding. Wie schön, dass sich passend dazu sogar das Feuilleton der *Frankfurter Allgemeinen Sonntagszeitung* mit dem Thema beschäftigt. »Der Bezirksstadtrat für Stadtentwicklung des Bezirks Mitte, Carsten Spallek, selbst im Wedding aufgewachsen, sitzt in seinem Büro in der Müllerstraße und bestätigt ›Ghettoisierungs-Tendenzen‹. Spallek wünscht sich, dass der Bezirk stärker durchmischt ist und dass die Adresse eines Kindes nicht über seine Laufbahn entscheidet. Er sagt: ›Diejenigen, die immer von Chancengleichheit reden, müssen auch ihren Teil dazu beitragen. Also nicht nur so lange von multikultureller Mischung schwärmen, bis ihr Kind eingeschult wird. Das ist bigott.‹« Da hat er verdammt Recht, der Herr Spallek. Deswegen haben wir uns ja auch dafür entschieden, im Wedding zu bleiben und Kiran hier einzuschulen, obwohl viele Freunde sehr seltsam geguckt haben deswegen. Carsten Spallek – ein Mann, der zu uns hält. Ich lese weiter: »Ob er sein Kind auf eine Schule im Wedding schicken würde, beantwortet er dann recht diplomatisch: Er würde sich die Schule ansehen und dann entscheiden.« Das klingt jetzt nicht gerade wie ein flammendes Bekenntnis für seine eigenen Multikulti-Thesen, aber schon diese vorsichtige Antwort entsetzt *FAS*-Autorin Antonia Baum; sie kommentiert das so: »Wobei man doch jeden verstehen kann, der genau das nicht macht. Was kann denn das arme Kind dafür?«

Hm. Ich schaue mein armes Kind an, wie es im Hinterhofgarten mit seinem kleinen Bruder im Sandkasten spielt. Was kann es schon dafür? Dass seine Adresse dereinst über seine Laufbahn entscheiden wird? Seestraße 606 – na ja, das erspart dann später immerhin die leidige Berufsberatung, die fand ich damals ja sowieso völlig unergiebig und nervtötend.

Im nächsten Moment haut das arme Kind seinem Bruder die Schippe über den Schädel. Ach, es wird sich schon irgendwie einfinden an seiner Schule.

Ein paar Tage später fragt das arme Kind, was wir eigentlich zu seiner Einschulungsfeier machen. »Was denn für eine Einschulungsfeier?«, frage ich. Das arme Kind beginnt zu heulen und behauptet, alle würden große Einschulungsfeiern machen, mit Omas und Opas und Verwandten und vor allem: mit Geschenken.

Ich beschließe, mich erst mal zu informieren. Eine Umfrage unter den Berliner Eingeborenen meines Bekanntenkreises ergibt die überraschende Erkenntnis: Ja, in Berlin werden traditionell große Einschulungsfeiern gefeiert. Wie überhaupt im Osten, behaupten sie. Und wie wahrscheinlich doch auch im Westen, nehmen sie an. Sollte meine Erinnerung mich dermaßen trügen?

»Mutter«, frage ich am Telefon, »gab es für mich damals eine Einschulungsfeier?«

»Was?«

»Eine Einschulungsfeier. Zum ersten Schultag.«

»Ach so, ja, natürlich. Du hast eine Schultüte bekommen.«

»Das war alles?«

»Da war natürlich was drin: Gummibärchen, glaube ich.«

»Gummibärchen?«

»Ja. Und ein Füller. Aber so was gibt es an eurer Gesamtschule ja nicht.«

Ich seufze und erkläre, dass es in Berlin üblich ist, ein richtiges Fest zur Einschulung zu veranstalten. So was wie die Erstkommunion. Mit Omas und Verwandten.

Das Ansinnen, wegen einer Einschulung nach Berlin zu kommen, findet meine Mutter allerdings abwegig: »Hör mal, Junge, wir haben euch am ersten Schultag zur Schule gebracht, damit ihr den Weg mal seht. Das war's. Zurück habt ihr dann von alleine gefunden.«

»Und an der Schule? Gab's da denn auch nichts Besonderes? Hier gibt es eine richtige Feierstunde, mit Reden und Theaterstück und so.«

»Mit Theaterstück?«, fragt meine Mutter, »ach, ist das so eine Waldorfschule?«

Das Theaterstück ist dann übrigens ganz bezaubernd, wie auch die gesamte Einschulungsfeier. Schließlich dürfen wir in den Klassenraum der Erstklässler. Die Klasse heißt nicht etwa 1a oder 1b oder so, sondern ISA 3, wie die Klassenlehrerin jetzt erläutert. Aha. ISA. Ich schaue mich vorsichtig um. Weiß nur ich wieder nicht, was das heißen soll? Neben mir steht eine junge Migrantin mit Kopftuch. Na, die brauche ich ja gar nicht erst fragen, wäre es mir fast durch den Kopf gegangen, aber gerade rechtzeitig kann ich meinem inneren Sarrazin noch aufs Maul geben und flüstere der Dame also zu: »Wissen Sie, wofür ISA steht?« Hoffentlich versteht die mich überhaupt. »Keine Ahnung«, flüstert sie zurück, »vielleicht: Integration, Sozialismus und Allgemeinwohl?« Sie kichert. Dann fragt sie laut in die Klasse: »Der junge Mann hier hat eine Frage, traut sich aber nicht, sie zu stellen: Wofür steht denn eigentlich ISA?« Ich schäme mich ein bisschen. »Integrierte Schulanfangsphase«, flötet die Lehrerin zurück. Schade, »Integration, Sozialismus und Allgemeinwohl« hätte mir besser gefallen.

»Integrierte Schulanfangsphase?«, fragt meine Mutter später am Telefon, »was soll das denn sein?«

»Das heißt, dass die Kinder der ersten drei Klassen gemeinsam unterrichtet werden.«

»Gemeinsam? In einem Raum?«

»Ja, genau«, erkläre ich ruhig.

Zugegeben, das Konzept hat mich am Anfang auch etwas irritiert. Als ich noch dachte, Schule geht so ähnlich wie bei uns damals. Aber das wird heute ja alles ganz anders gemacht. Das kann meine Mutter natürlich nicht verstehen.

»Ja, in der ISA werden Kinder aus den ersten drei Klassen gemeinsam unterrichtet, in einem Raum und von einer Lehrerin.«

»Ach!«, ruft meine Mutter erfreut, »eine Volksschule! Wie bei uns früher, wie schön!«

Am Montag dann endlich der erste richtige Schultag. Wir sind alle sehr aufgeregt. Also, zumindest wir Eltern. Die Kinder sind vor allem müde. Denn sie müssen zu absurden Zeiten aufstehen. Acht Uhr ist Schulbeginn, und nur der Himmel weiß, warum das so früh sein muss. Das bedeutet: Halb sieben aufstehen! Halb sieben! Für die anderen Weddinger zur Erläuterung: 6 Uhr 30! 6:30! Das ist eine Zeit zwischen Kneipenschluss und Frühstück, wo es aber oft schon hell ist. Ich musste lange in meiner Erinnerung kramen, bis mir wieder eingefallen ist, wie man so etwas auf dem Wecker einstellt. Es ist zwar in der Tat noch gar nicht so lange her, dass die Kinder uns täglich um solche Zeiten geweckt haben, aber da musste man gar nichts machen, das ging von alleine. Jetzt hatte man sie gerade endlich so weit, dass sie problemlos bis neun Uhr durchschlafen, da kommen nun also wir an ihr Bett und wecken sie allmorgendlich. Tja. Man sieht sich halt immer zweimal im Leben.

Wir sind also vor acht Uhr draußen auf der Straße. Kiran torkelt schlaftrunken neben mir her. Vor dem *Saray*-Imbiss quiekt er auf: »Ih, Papa, guck mal, was ist das denn?« »Das, mein Sohn«, erläutere ich den ungewohnten Anblick, »ist ein frischer, noch unberührter Dönerspieß.« »Ein Dönerspieß? Aber die sehen doch ganz anders aus.« »Das ist wie bei deinen muslimischen Schulkameraden, die du bald kennenlernen wirst«, erläutere ich schlau und auf geradezu spalleksche Weise multikultikompatibel, auch, um dem Kind aktuelle Gesellschaftsdebatten näherzubringen: »Der Dönerspieß hier ist praktisch wie ein Pullermann vor der Beschneidung. Dann kommt bald der Mann mit dem Messer und schnipselt da allerhand weg am Rand.« Leicht schaudernd wendet das Kind seinen Blick ab, wir gehen weiter.

Vor der Schule steht ein Polizist. Am ersten Tag glaube ich noch an einen Zufall, am zweiten bin ich mir nicht mehr so sicher, am dritten ist es Gewissheit. Da steht ein voll bewaffneter, uniformierter Polizist vor der Schule, um aufzupassen. Coole Sache, bei uns damals gab es nur langweilige Schülerlotsen. Der Wedding hat halt doch so seine Vorteile. Fragt sich nur, warum jedes Kind von der Verkehrswacht eine grellgelbe Signalweste für den Schulweg bekommen hat. Da wäre doch eine schusssichere Weste erheblich zweckmäßiger gewesen.

Oben am Klassenraum folgt der große Moment. Das Kind geht in seine Klasse, und dort soll es bleiben. Das heißt: Ich gehe wieder weg. Ich lasse es zurück. Das arme Kind! Ganz allein! Allein mit 26 anderen Kindern und zwei Lehrerinnen. Ich schlucke.

Mir fallen die Geschichten anderer Eltern ein, von Kindern, die heulen und sich schreiend an einen klammern. Weil sie es nicht ertragen, dass die Eltern sie in dieser fremden Umgebung einfach aussetzen. Kiran setzt sich auf seine orange Plastetonne, ich stehe etwas orientierungslos im Raum. Wie die anderen Eltern auch. Wir wissen nicht so recht, was wir tun sollen. Kiran steht auf und kommt noch mal zu mir.

Oh je. Gleich wird er sich an mein Bein klammern und zu weinen anfangen. Er signalisiert mir, dass ich mich zu ihm runterbeugen soll. Wahrscheinlich will er auf den Arm genommen werden. Er sucht Schutz und Zuflucht bei mir, und ich werde ihn abweisen müssen. Ich schlucke erneut. Aber es hilft ja nichts, da müssen wir jetzt durch. Das Kind muss lernen, auch mal loszulassen.

Als ich mich zu ihm runterbeuge, flüstert das Kind mir ins Ohr: »Du kannst jetzt gehen, Papa. Ist voll peinlich, wie du hier noch so rumstehst.«

Aha.

Etwas desorientiert stehe ich anschließend noch eine

Weile im Gang vor dem Klassenzimmer herum. Wie die anderen Eltern auch.

»Jetzt fängt der Ernst des Lebens an«, seufzt eine Mutter.

»Jedenfalls für uns«, ergänzt eine andere. Betreten schleichen wir nach Hause.

Der Sound des Wedding

Während das arme Kind seine ersten Tage in der Schule verbringt, informiere ich mich in der *Frankfurter Allgemeinen Sonntagszeitung* über sein Umfeld. *FAS*-Autorin Antonia Baum streift durch den Wedding und beobachtet bedrückende Szenen: »An der Bushaltestelle sitzen streng aufgereiht und stumpf geradeaus starrend fünf alte Menschen. Sie halten Einkaufswagen fest, nämlich die, die alte Menschen immer haben, woran man sich dann wieder erinnert. Sie gucken abwechselnd auf die Uhr und sind erschöpft von dem bewältigten Einkauf, was man ebenfalls vergessen hatte; dass alte Menschen von so einem kleinen Tagesgeschäft erschöpft sind.« Möglicherweise hatte die Autorin auch einfach vergessen, dass es alte Menschen überhaupt gibt? Sie sagt immerhin von sich selbst, dass sie aus Mitte kommt. Und trägt schwer an diesem Kulturschock: »Männer haben schwarze Haare und zischen Frauen hinterher, die keine Kopftücher tragen« – ja, das ist er nun einmal, der Sound des Wedding: ein einziges, stetes Zischen. Eine Schlangengrube halt. Eine sehr schmutzige Schlangengrube: »Dreck auf der Straße, Dreck an den Häusern, kein cooler Dreck, den man verkaufen könnte; nein, richtig echter ekliger Dreck, den man ganz vergessen hatte.« Der Wedding – ein Mahnmal wider das Vergessen von unverkäuflichem Dreck.

Aber ist wirklich alles hier so trostlos? Keineswegs, die Autorin beobachtet auch nachgerade paradiesische Zustände: »Frauen trinken Wein aus Tetra-Packs, Männer sitzen vor Bäckerketten, rühren mit Plastikstäbchen in ihrem Kaffee und müssen nicht zur Arbeit; hier und da liegt mal jemand auf der Straße.« Der Wedding! Wo Wein in Strömen aus Tetra-Packs fließt und die Menschen gemütlich auf der Straße liegen, weil sie nicht zur Arbeit müssen. Aber irgendwie scheint der Autorin das Szenario aufs Gemüt zu schlagen: »Ich habe so ein schlechtes Gewissen, dass ich mich ununterbrochen entschuldigen will: Laufe ich durch die Straßen, vorbei an Menschen, deren Haut völlig tot auf ihren Gesichtern liegt, denen Zähne fehlen und die zu sechst in einer Drei-Zimmer-Wohnung leben, will ich mich sofort entschuldigen.« Auch »bei den NDH-Kindern«, den »Kindern nicht-deutscher Herkunft«, »die hier aufwachsen und in Schulen gehen, in welchen teilweise 90 bis 100 Prozent der Schüler NDH-Kinder sind, will ich mich entschuldigen«.

Das kann sie meinetwegen gerne machen, Kiran freut sich bestimmt, wenn sich bei ihm mal jemand entschuldigt. Am besten mit einem schönen Wiedergutmachungsgeschenk. Ich schaue auf die Namensliste der Erstklässler, die wir bei der Einschulungsfeier bekommen haben. Leider sind die Namen im Fließtext ohne trennende Satzzeichen gesetzt. Bei einem Großteil habe ich keinen blassen Schimmer, was überhaupt Vor- und was Nachnamen sein sollen. Mit Ausnahme von Laura-Antonia Hörmann-Leifers. Das ist deutsche Gründlichkeit, alles schön ordentlich mit Bindestrichen, da weiß man wenigstens gleich Bescheid. Aber jetzt erwacht in mir der kleine Rassenforscher, und ich funktioniere Google zur Nürnberger Suchmaschine um. Da wollen wir doch mal sehen, wer in der ersten Klasse die Chance auf einen Arier-Nachweis hat. Damit Frau Baum wenigstens weiß, wofür sie sich entschuldigt. Das Ergebnis fällt ernüchternd aus. Von den versprochenen 90–100 % NDH keine Spur. Nur karge 62 der rund 110 Namen lassen sich eindeutig auf den türkisch-arabischen Kulturkreis zurückführen, drei sind afrikanisch, drei nordeuropäisch, fünf osteuropäisch und einer interessanterweise eindeutig israelisch. Der Junge wird hier sicher viel Spaß haben. Sechs Namen lassen sich auch beim besten Willen und egal in welcher Vor-Nachnamen-Kombination auf überhaupt nichts zurückführen, diese Buchstabenfolgen hat selbst Google noch nie gesehen.

Bleiben aber immer noch satte 31 deutsche Kinder, also fast ein Drittel. Reicht das denn noch für eine Entschuldigung von Frau Baum? Man weiß es nicht. Die Dame scheint zu verwirrt, als dass man eine Prognose wagen könnte, auch wenn ihre Entschuldigungsbereitschaft offenbar eher hoch anzusetzen ist: »Man kann dieses verfluchte Ghettoisierungsthema betreffend kaum etwas richtig Kluges denken, denke ich immer wieder, wenn ich durch die Straßen laufe und mich entschuldigen will.« Zumindest für sie selbst scheint das treffend beobachtet, wobei mich leichte Zweifel beschleichen, ob die gute Frau überhaupt je etwas Kluges dachte.

Ein etwas mulmiges Gefühl habe ich aber doch, als ich zum ersten Elternabend aufbreche. Womöglich bin ich der Einzige, der Deutsch kann, und dann muss ich Elternvertreter werden. Denn ehrenamtliches Engagement im eigenen Kiez, das ist nur etwas für Deutsche. Um es mit Frau Baum zu sagen: »Die NDH-Menschen lassen sich dafür nicht gewinnen.« Womöglich bin ich auch der Einzige, der überhaupt kommt.

Am Ende kippeln die Eltern von 22 der 26 Schüler der ISA 3 auf den winzigen Plaste-Tonnen mit dem Halbkugel-Fuß herum, auf denen die Kinder tagsüber sitzen. Weil das gut sein soll für den Gleichgewichtssinn. Als ich in den Klassenraum komme, mustere ich die winzigen Teile erschrocken und fürchte, sie könnten meinem Gewicht nicht standhalten. Ein NDH-Mensch bemerkt meinen Blick und bietet mir freundlich lächelnd, aber diskret seinen Sitzplatz an, den einzigen richtigen Stuhl in der Runde. Hier weiß man eben, wie man mit benachteiligten Minderheiten umgeht, ohne sie zu kränken.

Erleichtert setzte ich mich und schaue mich um. Nur eine Mutter trägt ein Kopftuch. Es folgt eine Vorstellungsrunde. Alle sprechen gutes Deutsch. Ein türkischer Mann stellt sich als Vater von Tarek vor. Der neben ihm sitzende türkische Mann stellt sich auch als Vater von Tarek vor. Die heißen auch wirklich alle gleich, denke ich, bis mir die tatsächliche Bedeutung plötzlich klar wird. Genau genommen hat er nämlich gesagt: »Und ich bin der andere Vater von Tarek«. Ich bin kurz irritiert, aber niemand zuckt. Geschweige denn zischt. Ein WTH-Mensch (wahrscheinlich türkischer Herkunft) referiert in akzentfreiem Deutsch seine bisherige Arbeit in der Elternvertretung der Schule und in der Bezirks-Elternversammlung, auf der man, so betont er, interessante Einblicke in die politische Arbeit des Bezirks und Fragen der gesellschaftlichen Mitbestimmung erhalte, weswegen er seinen Nachfolgern sehr empfehle, dort auch mitzumachen.

Dann kommt die Gretchenfrage. Wer wird Elternvertreter? Ich habe mich mit meinem Schicksal schon abgefunden, will mich aber wenigstens ein bisschen bitten lassen. Ich warte auf die von zahllosen Elternveteranen beschriebenen Szenen: dass alle den Blick auf den Boden richten und versuchen, sich noch kleiner zu machen, als sie auf den albernen Stühlchen ohnehin schon sind. Aber noch ehe ich meinen Kopf überhaupt senken kann, haben sich bereits drei Elternteile gemeldet: eine wie eine Kräuterhexe aussehende Deutsche, eine taffe Araberin mit blond gefärbten Haaren und einer der schwulen Türken.

Später, auf dem Nachhauseweg, sehe ich eine einsame, verwirrt wirkende Frau durch die Straßen ziehen. Sie entschuldigt sich wahllos bei jedem am Bürgersteig stehenden Baum, jedem Hund und jeder Mülltonne. Sie hat allen Grund dazu. Als sie an mir vorbeizieht, zische ich ihr einmal kräftig hinterher.

Klassenfahrt

Kaum zu glauben, dass das zu Berlin gehören soll: Die Luft im Tegeler Forst riecht beunruhigend schadstofffrei nach feuchter Erde, Moos und Pilzen, das frische Grün schmerzt das an den Weddinger Hinterhof gewöhnte Auge, und dann diese Stille. Kein Mensch ist zu sehen – doch, einer, der seinen Hund ausführt. Ich nutze die Chance, um nach dem Weg zur Waldschule zu fragen, die irgendwo in dieser Oase des Friedens und der Ruhe liegen soll. »Die Waldschule?«, antwortet der Hundebesitzer, »einfach den kleinen Weg rein, und dann immer dem Lärm nach.«

Fünf Minuten später weiß ich, was er meint. Ich bin die aktuelle Vertretung des mitreisenden Vätervertreters bei der Erstklässler-Klassenfahrt der Weddinger Grundschule, weil der eigentliche Vätervertreter vorzeitig abreisen musste – angeblich wegen eines Magen-Darm-Infektes. Nach einer ersten kurzen Sichtung der Lage halte ich einen Hörsturz allerdings für die erheblich wahrscheinlichere Ursache des Ausfalls. Um ihn zu ersetzen, haben sich einige Väter die verbleibende Dauer der Klassenfahrt untereinander aufgeteilt. Ich habe heute Mittagsschicht. Die Kinder kreischen, krakeelen und krähen durch den Wald. Hier also soll ich als Aushilfserzieher für einen halben Tag wirken. Ein Specht fällt tot vom Baum. Herzinfarkt, vermutlich.

»Hey, du!«, ruft Mehmet mir zur Begrüßung enthusiastisch zu, »bist du jetzt unser Chef in diesem beschissenen Wald hier?« Neben ihm steht Anton, ein blondes, schüchternes Jüngelchen. Mit offenem Mund guckt er ein bisschen schockiert, aber auch bewundernd zu Mehmet rüber. Der ist eigentlich ein ganz netter Kerl, aber halt ein geradezu klassischer Migrationshintergründler mit allerlei älteren Brüdern und damit ein potenzieller Unruheherd erster Güte. Ich denke, es ist klug, mir gleich zu Beginn eine angemessene Autorität zu erarbeiten, also antworte ich streng: »Allerdings, mein Guter, und du gewöhnst dir mal bitte eine andere Wortwahl an, wenn du mit mir sprichst, OK?« – »Klar, Chef!«, antwortet der Junge zu meiner Verblüffung, »voll korrekte Ansage, Chef, 'tschuldigung«. Das klappt ja gut, denke ich zufrieden. Im nächsten Moment quietscht Anton begeistert auf: »Beschissen, beschissen, der ganze Wald ist beschissen.« Seine Parole laut rezipierend, rennt er von uns weg: »Alles beschissen hier«, hören wir ihn aus der Ferne, während er zwischen den Hütten verschwindet. »Ey, der hat voll das Problem mit Respekt!«, merkt Mehmet an.

Ich winke ab und erkundige mich erst mal nach Frau Bernstein, der Lehrerin. »Die ist im Mädchenhaus und holt Rosa aus dem Schrank«, informiert Mehmet mich. Aha. Ich frage lieber nicht genauer nach und gehe rüber zu der Hütte. Frau Bernstein sitzt auf einem Stuhl und redet mit beruhigender Stimme auf einen Schrank ein. Das darin befindliche Kind hat, so erfahre ich, eine Schneckenphobie. »Was?«, frage ich. »Eine Schneckenphobie«, wiederholt Frau Bernstein, »und beim Waldspaziergang mit der Umweltpädagogin heute morgen haben die Kinder Schnecken gefunden. Daraufhin ist Rosa in Panik geraten und hat sich im Schrank verrammelt.« »Aber wieso ist sie dann überhaupt mitgekommen?«, frage ich. Sie wäre wohl vorher nicht auf die Idee gekommen, dass Schnecken einfach so frei im Wald herumkriechen, sagt Frau Bernstein. Und jetzt, wo sie's weiß, traut sie sich nicht mehr raus.

Ich bin mir nicht ganz schlüssig, was ich befremdlicher finden soll: dass es so etwas wie eine Schneckenphobie überhaupt gibt oder dass ein Weddinger Kind heutzutage nicht mehr weiß, dass im Wald Schnecken leben. Aber ich komme nicht dazu, weiter darüber nachzugrübeln, denn es ist Mittagszeit und mir fällt die Aufgabe zu, die Essensausgabe zu beaufsichtigen. Zunächst klappt alles vorbildlich. Die Kinder holen die Töpfe und Tabletts aus der Küchenhütte, die etwas weiter unten steht. Bei den Würstchen gibt es leichte Aufregung. »Sind die mit Schwein?«, fragen einige Kinder ängstlich, ich versuche sie zu beruhigen: »Nein, die sind alle koscher.« Womit ich aber nur noch mehr Verwirrung stifte: »Jüdische Würste?«, fragen sie entsetzt, einer spuckt einen Bissen wieder aus. »Meine Güte, oder halt halal, ist doch alles das gleiche«, führe ich diplomatisch aus. Einige wirken jetzt beruhigt, andere noch alarmierter. Ich murmle mehr so für mich: »Außerdem ist da wahrscheinlich sowieso nur Pferd drin.« Das bewegt jetzt auch die nichtmuslimischen Kinder zum Ausspucken von Wurstteilen. An mir ist schon wirklich ein Pädagoge verloren gegangen. Aber zu viel Fleischkonsum ist ja sowieso ungesund.

Pablo will wissen, ob im Kartoffelbrei Milch ist. »Wieso?«, frage ich, »Zu was für einer Religion gehörst du denn?« »Zu Laktoseintoleranz«, sagt er. Ach so. »Aber nur halb«, fügt er noch hinzu. »Wie: halb?« »Ich bin nur halb Laktoseintoleranz. Weißt du, ist wie mit Asperger und Autismus.« Ich schaue den Milch-Asperger verblüfft an und empfehle ihm, lieber die gekochten Kartoffeln zu nehmen. Die arische Nervensäge Anton mag keine Erbsen, wie ich erfahre, weil mir kleine grüne Geschosse um die Ohren fliegen. »Ich esse keine beschissenen Erbsen«, quietscht er, »die schmecken beschissen, die beschissenen Erbsen.« Mehmet schaut mich fragend an, ich nicke ihm aufmunternd zu. Als beide zu Boden gehen, drehe ich mich weg.

So blicke ich allerdings direkt auf Erik, der von der Küchenhütte zu uns hochgelaufen kommt und ruft: »Los, Chef, du musst zu Karla, die stirbt.« Ich winke gelangweilt ab. Ich lasse mich hier doch nicht von Erstklässlern vorführen. Erik zuckt mit den Schultern: »Mir egal, die nervt sowieso.« Damit scheint die Sache für ihn erledigt zu sein. Das macht mich jetzt allerdings doch etwas misstrauisch. Ich schaue rüber zu der Hütte. Gut, da sitzt ein Kind reglos auf dem Boden. Wenn das ein abgekartetes Spiel ist, überlege ich, dann verliere ich hier jeden Autoritätsanspruch, wenn ich jetzt hingehe. Dann kann mir nicht mal mehr Mehmet helfen. Andererseits, wenn nicht ... das Mädchen regt sich immer noch nicht. »Ähm, ich guck dann mal kurz«, sage ich zu den Kindern, aber die sind sowieso mit Essen beschäftigt, oder im Fall von Anton mit Heulen. In dem Moment läuft schon Frau Bernstein mit eiligen Schritten zu Karla. Ich schlucke. »Ist nicht so schlimm«, sagt Mehmet, »Karla hat Zucker, die muss bestimmt nur gespritzt werden. Essen war ein bisschen spät heute.« Na dann.

Am Nachmittag ist Karla schon wieder munter dabei, wir machen einen Ausflug zum Tümpel, bei dem sich die Kinder allesamt nasse Schuhe holen, nachdem sie auf meine Aufforderung hin, am sumpfigen Ufer etwas aufzupassen, mit lautem Gejohle ins Wasser gesprungen sind. Es war also insgesamt sehr schön.

Vor dem Abendessen kommt meine Vater-Ablösung. Ich will mich noch von Frau Bernstein und den Kindern verabschieden. Rosa kommt mir kreischend entgegen und verschwindet im Schrank. Ich schaue meinen Sohn vorwurfsvoll an, der gerade mit ihr gespielt hatte. »Ich kann nichts dafür«, verteidigt der sich, »wir haben eine Burg gebaut, und dafür brauchten wir diesen Stein. Da saßen halt Schnecken drunter.« Frau Bernstein seufzt: »Ich geh dann mal zum Schrank.« Mein Nachfolge-Vater schaut fragend, aber ich wünsche ihm nur viel Spaß und mache mich auf den Rückweg. Als ich eine halbe Stunde später am U-Bahnhof Seestraße aus dem Schacht trete, schaue ich versonnen über die Kreuzung See-/Ecke Müllerstraße und atme tief durch. Herrlich, diese Ruhe!

Leistungsgerechtigkeit

Für Hinark, Silvia, Andreas, Carola, Melanie, Frau H. und all die anderen

Einen lausigen Nachmittag lang war ich bei der Klassenfahrt der Erstklässler als Elternbetreuer mit dabei. Zwei Tage später, als die Kinder zurückkommen, habe ich mich gerade mühsam erholt von meinem Erzieherkurzpraktikum, wenn auch mein Kopf noch immer ein wenig schmerzt und der kleine Anton sich als hartnäckiger Langzeitgast in meinem rechten Ohr eingenistet hat, wo er noch leise vor sich hin kreischt. Aber es hilft ja nichts: Ich stecke mir etwas Ohropax in die Gehörgänge, dann gehe ich zur Schule, um Kiran abzuholen.

Die Kinder sind erschöpft und abgekämpft. Die einzige, die frisch und unverbraucht wirkt, ist die Lehrerin, Frau Bernstein. Entspannt teil sie den Kleinen die Taschenmesser aus, mit denen sie in der Waldschule aus Seife kleine Figuren schnitzen durften und die ansonsten unter lehrerlicher Verwaltung blieben, damit die Kinder am Ende nicht ähnlich verstümmelt aussehen wie die grob verunstalteten Seifenblöcke, von denen sie wahrheitswidrig behaupten, es handele sich wahlweise um ein Schwein, einen Hund oder ein Haus. Ich bin nicht sicher, ob es richtig ist, dass wir Eltern den Ramsch bewundernd anschauen, »Oh!«, »Ah!« und »Toll!« rufen, um damit die Kreativität der Kleinen zu fördern. Am Ende glauben die noch wirklich, sie hätten Talent.

»Das ist kein Pferd, Sarah, nicht einmal mit sehr viel Vorstellungskraft. Das ist ein bar jeder künstlerischen

Fähigkeit brutal misshandeltes Kernseifenstück und müsste in anderen Zusammenhängen als mutwillige Sachbeschädigung verfolgt werden. Wie wäre es, du fragtest deine Eltern, ob sie dir nicht einen Hammer und ein paar Nägel schenkten, denn gute Handwerker werden immer gebraucht. Aber bitte versuche nie wieder, etwas Kreatives zu machen, denn Kreative wie dich gibt es schon viel zu viele.« Aber natürlich bestaunen wir das Pferd und lügen, das habe sie ganz toll gemacht.

Tatsächlich recht gut gelungen ist der Zombie, den Mehmet geschnitzt hat, auch das, wie er uns nun erläutert, eine große Menge Hirnmasse aus seinem Schädel trieft, ist durchaus anschaulich dargestellt. Aus dem Jungen kann noch was werden. Einzig sein Eifer muss noch ein wenig kanalisiert werden, denn kaum erhält er sein Taschenmesser zurück, beginnt er, an Rosa herumzuschnitzen. Während beide Elternteile hyperventilieren, nimmt Frau Bernstein ruhig lächelnd das Messer aus Mehmets Hand, beruhigt Rosa, versichert dabei irgendwelchen anderen Eltern, dass es keineswegs Pferdefleisch auf der Klassenfahrt zu essen gegeben habe, sie könne sich auch nicht erklären, woher dieses Gerücht stamme, dann prüft sie schließlich noch den Blutzucker von Karla. Wie macht sie das nur? Die Frau muss Nerven aus Stahl haben und eine innere Ruhe, gegen die Buddha höchstselbst wie ein Schilddrüsenüberfunktionsopfer mit ADHS gewirkt hätte.

Und nicht nur sie. Seit unsere Kinder in den Kindergarten und in die Schule gehen, hat der Begriff Leistungsträger für mich eine völlig neue Bedeutung erfahren. Wozu müssen Menschen sinnlose Extremsport-Rekordversuche unternehmen, wozu in einem Schlauchboot über den Pazifik paddeln, wozu aus der Stratosphäre springen – ein Tag in jeder beliebigen Grundschule des Landes erforderte fraglos weit mehr Risikobereitschaft und brächte einen größeren Adrenalin-Kick als Felix Baumgartner es je erlebt haben dürfte. So viel *Red Bull* könnte der gar nicht trinken, um einen Tag dort entspannt über die Runden zu bringen. Allerdings – vielleicht hat es Felix Baumgartner ja sogar mal einen Nachmittag lang in einer Kita versucht und ist anschließend auf die Idee mit dem Stratosphärensprung gekommen. Gelockt von der Annahme, da oben garantiert kein Kindergeschrei zu hören.

Und nehmen wir nur den liberalen Kampfbegriff Leistungsgerechtigkeit. Leistungsgerechtigkeit! Die Lieblingsvokabel der FDP. Der FDP! Leistungsgerechtigkeit und FDP! Schon das genügte ja eigentlich, den Begriff als absurd zu erkennen.

Ich persönlich will mich ja gar nicht beklagen. Ich mache den ganzen Tag lang ausschließlich Sachen, die ich sehr gerne mache, und damit verdiene ich für meine Begriffe auch noch recht gut. Das freut mich natürlich. Aber ganz ehrlich: Ehe ich, sagen wir, als Alten- oder Krankenpfleger oder eben Erzieher oder etwas ähnlich Anstrengendes arbeiten müsste, um meinen Lebensunterhalt zu verdienen, würde ich lieber mit einem Bruchteil meiner heutigen Einnahmen auskommen müssen, wenn ich dafür nur weiter das tun könnte, was ich jetzt mache. Kann das denn leistungsgerecht sein? Man soll ja nicht immer von sich auf andere schließen, aber ich vermute stark, dass auch der typische Manager, Banker oder Chefarzt nicht von einem Leben als Grundschullehrer, Krankenschwester oder Kita-Erzieher träumt. Oder sitzt der Chef der Deutschen Bank spätabends noch hinter seinem Schreibtisch und denkt: »Ach, könnte ich jetzt doch nur im Krankenhaus ein bisschen Wasserstoffperoxid auf den Dekubitus einer bettlägrigen Oma spritzen, statt mich hier mit Immobiliengeschäften herumzuärgern, wie schön wäre das. Aber nun ja, wenigstens bekomme ich hier zur Entschädigung viel Geld. Sonst würde ich das natürlich auch nicht machen, sondern eilte flugs ins Krankenhaus, um dort anzupacken. Aber was soll man machen – die Verhältnisse, sie sind halt so.«

Ja, lasst uns über Leistungsgerechtigkeit reden, Ihr liberalen Lappen. Und auch über Risikobereitschaft, wie dieselben Typen es immer wieder fordern und dabei keineswegs das Risiko meinen, dass etwa eine Erzieherin eingeht, wenn sie mit zwanzig Kleinkindern samt Diabetes-Patienten und verhaltensauffälligen Leistungsgesellschaftsopfern einen Ausflug unternimmt. Sondern das, was ein Investmentbanker eingeht, der ganze Staatshaushalte auf ein paar Optionsscheine verwettet, und wenn es schief geht, nur zehn statt wie üblich zwanzig Millionen als Bonus bekommt. Risiko, Baby!

Ohrenbetäubendes Geschrei reißt mich aus meinen Gedanken. Jetzt hat sich Anton auch in meinem linken Ohr für die nächsten Tage eingenistet. Mehmet versucht derweil, aus dem Vorderreifen meines Fahrrads eine Riesenschlange zu schnitzen, während die zuckerkranke Rosa verkündet, gleich sterben zu müssen, wenn sie nicht umgehend noch einen Jogurt erhalte. Frau Bernstein lächelt gütig zu all dem.

Ich schnappe mir Kiran und trete den Rückzug an. Leistungsgerechtigkeit, pah. Ich freue mich schon, wieder an meinem Schreibtisch sitzen und noch ein paar Stunden arbeiten zu dürfen. Denn ich habe jetzt etwas Erholung dringend nötig.

Wie ich endlich ein richtiger Weddinger geworden bin

Formulare, Ämter, Steuererklärungen – das war alles irgendwie noch nie meine Stärke. Und dann ist ja manchmal auch wirklich sehr viel zu tun. Da kommt es schon mal vor, dass die Anrufe auf dem AB unbeantwortet bleiben. Dass sich die Mails im Postfach in dreistelliger Zahl anstauen. Dass man irgendeinen Brief übersieht. Gut, dafür muss man dann manchmal eben bezahlen.

Zweihundert Euro beispielsweise, wie ich eines Mittwochs im November erstaunt feststellte, als ich die Post aus dem Briefkasten holte. Zweihundert Tacken, weil ich einen Termin versäumt hatte. Die Staatsanwaltschaft wollte nämlich mit mir sprechen. Wegen des Angriffs auf meinen Freund und Kollegen Falko Hennig satte anderthalb Jahre zuvor. Damals hatten zwei Schläger ihn auf offener Straße niedergestreckt. Wir waren ihm zu Hilfe geeilt, da tauchten plötzlich zwei Polizisten auf, die einschritten – indem sie uns zu Boden zwangen, während die Täter entspannt davonschlurfen durften. Erst als diese auch wirklich einen angemessenen und uneinholbaren Sicherheitsabstand erlangt hatten, also keine direkte Gefahr mehr darstellten, zeigten die Polizisten sich bereit, unsere Version der Geschichte anzuhören. Eine Zeugenaussage von mir aufzunehmen, fanden sie aber überflüssig. Und nun, achtzehn Monate später, hatte die Staatsanwaltschaft es sich anders überlegt und wollte mich doch noch dazu hören.

Und ich hatte es vermasselt. Es war mir erst am Tag danach aufgefallen. Ich hatte es falsch in den Kalender eingetragen, und nun stand ich dumm da. Na ja, dachte ich, die werden sich ja wohl wieder melden, wenn sie wirklich was von mir wissen wollen. Was sie dann auch taten, nämlich mit eben jenem Bescheid über ein Ordnungsgeld von zweihundert Euro. Ordnung hat eben ihren Preis. Einen neuen Termin gab es dagegen nicht. Dann wird der Gesprächsbedarf wohl so groß doch nicht gewesen sein, dachte ich. Da allerdings sollte ich mich getäuscht haben.

Am nächsten Morgen klingelte um sechs der Handy-Wecker. Verdammt, ich kann mich an diese absurden Zeiten einfach nicht gewöhnen, zu denen wir aufstehen müssen, seit der Große eingeschult worden ist. Am Abend zuvor war es spät geworden, und meine Auffassungsgabe war noch nicht vollständig wiederhergestellt. Sonst hätte ich mich vielleicht da schon gewundert, dass der Wecker anders klang als sonst. Eher so wie die Türklingel. Aber seit man alles mit Songs individualisieren kann, weiß man ja nie so ganz genau, was wann warum ertönt.

»Polizei, bitte machen Sie auf!«, begann nun der monotone Gesang im Weck-Stück. Was hatte ich denn da für ein Lied eingestellt? Ich vergrub meinen Kopf unter dem Kissen. Meine Freundin stand auf, um den doofen Wecker endlich auszustellen. Sehr gut. Leider klappte es offenbar nicht, jedenfalls nicht schnell genug, um den weiteren Verlauf nicht hören zu müssen: »Wohnt hier Herr Werning? Den müssten wir bitte mitnehmen.« Meine Freundin kam zurück ins Schlafzimmer und sagte gähnend zu mir: »Ist für dich. Sie kommen, um dich zu holen.« Dann legte sie sich wieder hin und schlief weiter.

Da standen nun also zwei Polizisten in unserem Flur und erklärten mir, ich hätte heute einen Termin bei der Staatsanwaltschaft, als Zeuge. Worum es genau ginge, wüssten sie auch nicht, eine Vernehmung eben, im Gericht Moabit. Sie wären sozusagen der Taxi-Service, der mich dort hinbringen sollte, damit ich ihn nicht verpasste. Ich wäre da ja wohl etwas anfällig.

Ich war baff. Was denn für ein Termin, ich hätte keinerlei Einladung oder so was bekommen? Die Zeit der Einladungen sei nun vorbei, informierten sie mich. Eine hätte ich nämlich schon ausgeschlagen, da reagiere die Staatsanwaltschaft nun mal ein bisschen zickig und ändere ihre Strategie. Jetzt wären sozusagen sie meine persönliche Einladung, und der sollte ich mal lieber zackig Folge leisten. Mein Termin wäre nämlich heute um elf. »Aber jetzt ist es doch erst sechs!«, erwiderte ich, ich könne zudem auch ganz allein zum Gericht in Moabit kommen, das würde ich ganz bestimmt schaffen. Sie schüttelten bedauernd die Köpfe. Die Staatsanwaltschaft legt großen Wert auf pünktliches Erscheinen, und, sicher ist sicher, da würden sie mich jetzt gleich schon mitnehmen. Sie waren freundlich im Ton, ließen aber keinen Zweifel, dass es in dieser Sache definitiv keinen Verhandlungsspielraum gab.

Ich zog mich also an, putzte die Zähne und suchte meine Sachen zusammen: ein Buch für die Wartezeit, den Personalausweis, die Jacke. Sie geleiteten mich anschließend zum Auto. Es wäre alles nicht so schlimm, versicherten sie mir unterwegs, ich sollte halt nur besser auf meine Post achten in Zukunft. Ich nickte stumm und dachte an das Ordnungsgeld. Lebenshilfe hat auch ihren Preis.

Im Gericht Moabit angekommen, wurde ich einem anderen Beamten übergeben. Ich rechnete damit, jetzt zu so was wie einem Pförtner und dann in ein Wartezimmer geführt zu werden. Und irgendwo würde es hier ja wohl hoffentlich einen Kaffeeautomaten geben. Der Polizist nahm meinen Ausweis entgegen, dann schickte er mich in einen Raum. »Ist das hier das Wartezimmer?«, fragte ich, aber er sah mich nur verständnislos an. Ich trat ein, schaute mich kurz um – ist aber ganz schön kahl hier, dachte ich. Nur ein Tisch, eine Holzbank und eine Decke – sonst nichts. Gut, diese furchtbaren Kitsch-Bilder, die beim Arzt immer rumhängen, sind ja nun auch nicht mein Geschmack, aber so mit völlig nackten, dazu auch noch vollgekritzelten Wänden und ohne Teppich und ohne überhaupt irgendwas, und mit diesem vergitterten Fenster und – huch! – da fehlen ja die Fenstergriffe, das kann man ja gar nicht aufmachen – und da schloss sich die Tür hinter mir und ich hörte, wie der Schlüssel sich im Schloss herumdrehte. Fassungslos stand ich in dem Wartezimmer, das – die Erkenntnis sickerte langsam, aber umso eindringlicher in mir durch – gar kein Wartezimmer war, sondern eine gottverdammte Zelle. Sie hatten mich eingesperrt.

Sie hatten mich eingesperrt, weil ich einen Termin verpasst habe. Ohne Mahnung. Ohne zweiten Versuch. Einfach so. Sie holen mich um sechs aus dem Bett, sperren mich in eine Zelle, ohne Frühstück und erst recht, das Ausmaß der Katastrophe wurde mir schlagartig endgültig bewusst, ohne jeden Kaffeeautomaten. Sie lassen mich darben – für einen Termin um elf.

Das ist dann dieser Moment, wo einem doch plötzlich ganz anders wird. Fand ich die Situation bis dahin vor allem skurril und sorgte ich mich vorwiegend darum, ob dieser nette Taxi-Service am Ende noch nach einem Escort-Tarif abgerechnet werden würde, kamen mir nun doch leichte Zweifel über den Charakter des anstehenden Gesprächs. Ging es überhaupt um den Angriff auf Falko? Die Polizisten hatten mir zum Grund meiner Abholung keine Angabe machen können. Auf dieser Ladung, die ich verpasst hatte, hatte dazu auch nichts gestanden. Meine Knie wurden weich, mich fröstelte. Immerhin, eine gammelige Decke lag ja bereit. Und zum Glück hatte ich wenigstens mein Buch dabei. Einen Krimi. Wie passend.

Nun saß ich also in meiner Zelle. Einige meiner Vorgänger hatten Botschaften für die Nachwelt hinterlassen.

An den Wänden, auf dem Tisch, auf der Bank. Verschiedene Autoren versprachen, mit allerlei Mitbürgern den Koitus begehen zu wollen. Das war allerdings, zugegeben, nicht ganz exakt ihre Wortwahl. Die klang eher wie in diesem exemplarischen Fall: »Scheißegal ob Frauen, Neger oder Schwule, ich ficke euch alle!« Wieder ein anderer schwärmte von seinem Fortpflanzungsapparat, dem er eine außergewöhnliche Größe bescheinigte. Trotz seiner recht eindringlichen und detailreichen Schilderung vermute ich, dass seine Einschätzung sehr subjektiv geprägt war. Insgesamt, das stellte ich rasch fest, war die Zellen-Prosa recht monothematisch orientiert. Ein unbekannter Autor fiel aus dem Rahmen mit seinem in die Wand eingeritzten Bekenntnis: »Deutschland ist so schön!« Vielleicht war da aber auch Ironie im Spiel. Andere waren dagegen erkennbar ähnlich entnervt wie ich: »Um sechs reißen die Arschlöcher mich aus dem Bett und lassen mich dann stundenlang hier schmachten, diese Wichser!«, hatte ein Schicksalsgenosse auf das Holz des klapprigen Tisches geschrieben. Ich wollte spontan »Gefällt mir« klicken und drückte traurig auf der Tischplatte herum. Ich seufzte. Das würde ein mühsamer Vormittag.

Hoffentlich wirklich nur der Vormittag, schoss es mir durch den Kopf. Dann versuchte ich, mich auf meinen Krimi zu konzentrieren. Gerade wurde irgendjemand festgenommen und in eine Zelle gesperrt. Spannend.

Um halb zwölf schloss ein Polizist die Tür wieder auf, ein Justizbeamter erschien und übernahm mich. Im Büro der Staatsanwaltschaft erwarteten mich die Staatsanwältin und der die Untersuchungen leitende Polizist.

»Ach, der Herr Werning! Dass es aber auch immer erst mit Freiheitsentzug geht!«, begrüßte mich die Staatsanwältin herzlich, um mir anschließend eine längere Predigt zu den Themenkomplexen Termine, Pünktlichkeit und staatsbürgerliche Pflichten zu halten. Ich wandte zaghaft ein, ob denn nicht 200 Euro Ordnungsgeld und fünf Stunden Freiheitsentzug für einen verpassten Termin ein bisschen hoch angesetzt seien? Ob sie nicht vielleicht auch einfach mal anrufen könnten? Oder eine Mail schicken? Das fand sie aber gar nicht, so wären nun einmal die Abläufe und Tarife. Na ja, Berlin ist halt pleite. Irgendwie muss dieser Flughafen ja schließlich bezahlt werden.

Anschließend betonte die Staatsanwältin, dass ihnen aber natürlich keineswegs daran gelegen wäre, mich in irgendeiner Form zu verärgern, ganz im Gegenteil. Schließlich hofften sie ja auf meine freundliche Kooperation, vielleicht könnte ich ihnen ja den entscheidenden Hinweis auf den Täter geben. Interessante Strategie, dachte ich. Ob die das in irgendwelchen Psychologie-Kursen lernen? »Empathie für Juristen 1« oder so?

Ich atmete erleichtert auf, als es dann endlich los- und tatsächlich um die Attacke auf Falko ging. Besondere Hoffnungen, dass die Schläger ihre verdiente Strafe erhalten würden, mochten sie mir zum Abschluss allerdings nicht machen. Die Staatsanwältin sagte vergnügt: »Jetzt, nachdem wir Sie auch gehört haben, können wir die Sache endlich einstellen und die Akte zumachen. Wir können sowieso niemandem was nachweisen.« Ich schaute sie sprachlos an. Dann sah der Polizist mich noch einmal streng an: »Wir können es Ihnen nicht verbieten, aber wir würden Ihnen dringend raten, über unser Treffen hier nicht zu schreiben.« Oha. Sie hatten sich offensichtlich ganz gut informiert über mich.

Das also ist das Resultat der Geschichte: Jemand wird niedergeprügelt, ich komme ihm zu Hilfe, die Polizei schreitet ein, indem sie uns zu Boden bringt und die Täter weglaufen lässt. Und die einzigen juristischen Konsequenzen sind am Ende fünf Stunden Freiheitsentzug und 200 Euro Strafe – und zwar für mich.

Nach Hause zurückgefahren wurde ich natürlich nicht. Beim Warten sah ich am U-Bahnhof Turmstraße eines der Plakate der neuen Kampagne von der Berliner Polizei, dem Land Berlin und der *BVG* für mehr Zivilcourage: »Deine Waffe gegen Gewalt – Courage zeigen.« Darauf zu sehen ist eine entschlossen dreinblickende junge Frau, die mit dem Druck auf den Notrufknopf die Polizei ruft. Hoffentlich hat sie ein paar Ersparnisse. Und viel Zeit.

Als ich gegen Mittag nach Hause kam, traf ich kurz vor meiner Haustür den Besitzer von der seltsamen Rockerkneipe nebenan, für die ich immer mal Pakete annehmen muss, weil ich tagsüber da bin und die nicht. Er grüßte: »Wo kommst du denn her?« – »Aus'm Bau«, erwiderte ich wahrheitsgemäß, »bin gerade erst wieder rausgekommen.« Er nickte anerkennend. Immerhin, jetzt war ich wenigstens endlich ein richtiger Weddinger geworden.

Im nächsten Moment schossen auf der Seestraße zwei Polizeiwagen mit Blaulicht vorbei. Hektisch griff ich nach meinem Kalender – hoffentlich hatte ich nicht schon wieder einen Termin übersehen.

Hurensöhne

Seit mein älterer Sohn in die Schule geht, bin ich vielleicht ein bisschen übersensibilisiert was seinen Sprachgebrauch angeht. Die allgemeinen Vorhersagen, dass ein Kind, das im Wedding aufwachsen müsse, ganz unweigerlich entweder zu einem Schwerverbrecher würde, zu einem Psychopathen oder zu einem Opfer, wahrscheinlich letztlich zu allem gleichzeitig, weil es spätestens ab der Einschulung nur noch dem Einfluss multigestörter Schlägerkinder, die sich ausschließlich über Grunzlaute zu verständigen wissen, ausgesetzt sei, habe ich zwar immer als abwegig weggewischt, aber ein Zweifel bleibt eben doch.

Gut, langer Einleitung kurzer Sinn: Ich horchte interessiert auf, als ich aus dem Innenhof mit einer lieblichen Kleinkinderstimme die zarten Worte erklingen hörte: »Isch krieg disch gleich, du Hurensohn!« War es womöglich an der Zeit, erzieherisch einzugreifen? Meine Söhne spielten dort mit Erem, einem siebenjährigen Innenhof-Anrainer mit arabischem Migrationshintergrund, und seine Wortwahl ließ mich daran zweifeln, wie pädagogisch wertvoll sich die Beziehung der drei gerade entwickelte.

Ich trat also auf den Innenhof, wo sie gerade so etwas wie Weltraumcowboys und Klon-Indianer spielten: »Erem, weißt du eigentlich, was du da gerade gesagt hast?« Er sah mich irritiert an. »Wie: Isch krieg disch?« »Nein, das andere.« »Darth Maul?«, fragte er, »kennstu Darth Maul nicht? Ist voll der coole Star-Wars-Kämpfer!« »Nein, ich meine Hurensohn.« »Nein, der heißt Darth Maul, nicht Hurensohn!« »Nein, du hast gerade *Hurensohn* gesagt. Weißt du eigentlich, was das bedeutet?« Er sah mich verständnislos an. »Ja, klar. Hurensohn eben.« »Ja, und was bedeutet das Wort? Weißt du, was ein Hurensohn eigentlich ist?« »Na ja«, er ruderte etwas hilflos mit den Armen, »kennstu nicht? Kennstu Hurensohn nicht? Also, ist so wie – wie Schwächling eben! Du Schwächling! Hurensohn!« »Aha. Jetzt hör mir mal zu, mein Guter«, hob ich zu einem didaktisch wertvollen Vortrag an, »weißt du, was Sex ist?« Er starrte mich mit großen Augen angstvoll an. Das Wort hatte er offenbar schon mal gehört, er fürchtete sich: »Ey, wir haben doch nur Klonkrieger gespielt, musst du doch nicht gleich mit Sex kommen!« Ich aber blieb unerbittlich: »Weißt du, wenn ein Mann und eine Frau zusammen ins Bett gehen und sich dann so küssen und so ...« Nacktes Entsetzen stand ihm im Gesicht: »Küssen? Du meinst, wenn Männer und Frauen so richtig rumknutschen? Ih, das ist doch voll schwul!« Ich seufzte. Vielleicht sollte man die Wortwahl von Siebenjährigen auch einfach nicht allzu sehr auf die Goldwaage legen. Ich kürzte meinen Vortrag also ein wenig ab und raunte ihm zu: »Wenn du hier noch einmal Hurensohn sagst, dann kriegst du mal richtig aufs Maul, du kleine Kröte«. So. Dann zog ich mich wieder zurück in unsere Wohnung und ließ sie weiterspielen.

Als es aber bald darauf aus dem Innenhof drang: »Bleib stehen oder isch fick disch, du Opfer!«, reichte es mir doch. Ich musste jetzt wirklich erzieherisch wertvoll vorgehen, so viel war klar. Ich trat also an die Tür und rief: »Kinder, wollt ihr nicht reinkommen und ein bisschen fernsehen? Ich habe eine neue DVD für euch!« Na also. Begeistert kamen sie angelaufen und wollten wissen, was es gibt. Ich schaute in den Schrank, wo ich die Erziehungsmittel für den Notfall aufbewahre. Verdammt, es war nur noch eine DVD da. Ausgerechnet – *Bambi*! Ob das cool genug war für meine verfickten schwulen Klonkriegerhuren? Aber auch Erem guckte sehr interessiert, als ich die Box präsentierte, das niedliche kleine Reh auf dem Cover schien ihn nicht abzuschrecken. Ob ich ihm erklären musste, dass es sich dabei um ein Tier aus dem Wald und keinen Außerirdischen handelte? Ach, sie würden es schon sehen, den Film kannten sie jedenfalls alle drei noch nicht. Sehr gut. 70 Minuten idyllischer Ruhe lockten, schnell schob ich die Scheibe ein.

Als ich eine Viertelstunde später zurück ins Wohnzimmer kam, um den Kindern etwas zu trinken bringen, war zu meiner Verwunderung der Fernseher ausgeschaltet. Die drei saßen verschreckt in ihren Sesseln, Erem heulte. »Was ist denn hier passiert?«, frage ich alarmiert. Mein älterer Sohn war empört: »Papa, der Film ist voll brutal, so was gucken wir nicht.« »Bambi?«, fragte ich verwirrt. »Jetzt krieg ich voll die Alpträume«, schluchzte Erem. Ich schaute noch einmal auf das Cover der DVD – hatte ich doch versehentlich *Saw 3* erwischt? Aber nein: *Walt Disney's Bambi*, mit Klopfer, dem süßen Hasen, Blume, dem lustigen Stinktier, und eben dem kuhäugigen Kitz selbst.

»Das ist doch nichts für Kinder!«, ereiferte mein Sohn sich weiter, während Erem schluchzte: »Da kommen voll gemeine Jäger und erschießen einfach Bambis Mutter!« Er heulte bitterlich auf. Betroffen und etwas ratlos stand ich im Zimmer. Ich war froh, als die drei beschlossen, lieber wieder im Hof Klonkrieger zu spielen.

Als nach einer Weile ein fröhliches »Isch masch dich kalt, du verfickte Schwuchtel« von draußen erklang, atmete ich erleichtert auf. Alles war wieder gut.

Feuchtgebiete

»Das sieht so aus, als ob wir uns darum kümmern müssten«, sagte meine Freundin, als wir Anfang August von einer mehrwöchigen Reise zurückgekehrt waren. Und tatsächlich: Eine ganze Küchenwand war plötzlich mit großflächigen, bräunlichen Flecken versehen, es roch auch etwas morastig. Wenn man mit dem Finger darüber strich, war Feuchtigkeit zu spüren. »Oh nein«, hauchte ich entsetzt, »darum können wir uns gar nicht kümmern, fürchte ich. Darum muss sich die Hausverwaltung kümmern.« Meine Freundin riss entsetzt die Augen auf und holte tief Luft. »Meinst du wirklich?«, fragte sie bange.

Aber es war nicht zu leugnen. Das war kein normaler Wasserschaden, etwa durch einen geplatzten Waschmaschinenschlauch bei den Mietern über einem. Die Decke war trocken, die Feuchtigkeit verteilte sich ausschließlich in der Vertikalen. Also musste irgendwas mit den Leitungen dahinter nicht in Ordnung sein. Das war nichts, was wir mit unserem bewährten System klären könnten.

Denn wir haben lange aufgehört, hausverwaltungsrelevante Probleme mit der Hausverwaltung lösen zu wollen. Seit wir keinen Hausmeister mehr haben, sondern nur noch diese anonyme Hausmeisterserviceagentur, ist es ausgeschlossen, kleinere Dinge informell und einigermaßen zügig zu erledigen. Klemmte früher mal das Heizungsventil, sagte man Hausmeister Akshat beim Fegen auf dem Hof Bescheid, der ging an seinen Werkzeugkasten, haute mit irgendwas irgendwo gegen, und dann lief es wieder. Dann wurde Akshat outgesourced und durch die Hausmeisterserviceagentur ersetzt. Mit dem Ergebnis, dass man sich erst mal ein paar Wochen Urlaub nehmen kann, wenn heute Vergleichbares passiert, weil die Hausmeisterserviceagentur selbst die kleinste Kleinigkeit nur nach vorheriger Beauftragung durch die Hausverwaltung in Angriff nimmt, und dann auch nur durch wahrscheinlich speziell für solche Zwecke vorrätig gehaltenes Spezialpersonal. Die Menschen, die hier alldonnerstäglich anrücken, um die Flure zu wischen, sind weder befugt noch in der Lage, eine kaputte Birne im Flur zu wechseln. Dafür gibt es einen Birnenwechsler, der dann eigens anreist, der allerdings erst von der Hausverwaltung einen Auftrag zum Birnenwechseln braucht. Immer mal wieder versucht ein neuer Mieter im Haus, so etwas zu arrangieren. Das ist die erste Nagelprobe, ob er zäh genug ist, bei uns zu wohnen. Viele sind nach ein, zwei Operationen dieser Art entnervt wieder ausgezogen.

Wer jetzt länger hier lebt, kennt die Regeln. Und hat selbst ein paar passende Birnen für die Lampen im Flur vorrätig. Wenn die Klingel kaputt ist, rufen wir eben auf eigene Faust einen Elektriker, der das für wenig Geld schwarz erledigt. Läuft der Wasserhahn nicht richtig, hilft der benachbarte Installationsbetrieb gegen Spenden. Schattenwirtschaft eben. Aber lieber Schatten als immerwährende Nacht, und die droht, sobald die Hausverwaltung mitsamt Hausmeisterserviceagentur ins Spiel kommt.

Aber da mir schwante, dass dieser Fall nur mit dem Aufstemmen von Mauerwerk zu lösen sein würde, was dann doch die Grenzen der nachbarschaftlichen Selbstorganisation sprengt, schrieb ich also einen Brief an die Hausverwaltung und legte Fotos von der schadhaften Wand bei.

Nach meiner Erfahrung haben richtig gute, alte, echte, papierene Briefe die beste Chance, überhaupt wahrgenommen zu werden. Die lösen vermutlich ein rein praktisches Problem in der Verwaltung aus, weil sie irgendwo hingelegt werden müssen, und dann gibt es keine Ablagemöglichkeit für nicht bearbeitete Schreiben. Die liegen irgendwo sichtbar herum, im Gegensatz zu E-Mails oder zu den auf den AB gesprochenen Nachrichten.

Offenbar aber hat man bei *Z.B.-Immobilien* inzwischen nachgerüstet und vielleicht doch ein Ablagefach dafür geschaffen, jedenfalls passierte trotz Brief überhaupt nichts.

Die Flecken an der Wand hingegen gediehen prächtig. Sie begannen zu wachsen, nicht nur in der Größe, sondern auch im Relief. Es kamen neue Farben ins Spiel: nach dem Helldreckigbraun verschiedene Grautöne, kräftiges Schwarz, eine Stelle schimmerte sogar geheimnisvoll blau. Ich machte Fotos von der durchaus eindrucksvollen Wandlandschaft und schickte sie ungefähr vier Wochen nach dem Versand des ersten Briefes mitsamt eines nochmaligen Ausdrucks desselben erneut per Analogpost los.

Die Wand wuchs und wuchs. Die offensichtlich stetig nachsickernde und an der Oberfläche verdunstende Feuchtigkeit führte zu bizarren, fragilen, kristallinen Strukturen, die geheimnisvolle Muster bildeten und manchmal sogar hübsch glitzerten. Offensichtlich löste das durch die Wand dringende Wasser verschiedene Inhaltsstoffe der Bausubstanz und trug sie an die Oberfläche, wo sie dann beim Verdunstungsprozess diese bezaubernden Kunstwerke der Natur hinterließen. Teile unserer Küchenwand erinnerten an Salzseen im Altiplano der Anden und ließen mich ganz fernwehmütig werden, andere gemahnten an Luftaufnahmen geothermisch aktiver Landschaften. Ich fand allmählich Gefallen an unserer Wand. Und überlegte, ob ich, wenn das so weitergeht, mit ein paar gut gezielten Makrofotografieren nicht einen dieser *GEO*-Prachtbildbände »Die Welt von oben« damit befüllen könnte, der mich dann reich und berühmt machen würde. So reich hoffentlich, dass ich irgendeinen Handwerker aus der Nachbarschaft bezahlen kann, die

Wand endlich in Ordnung zu bringen, ehe die UNESCO sie zum Weltnaturerbe erklärt.

Nach ein paar Wochen zeigte sie zudem neben den hübschen Kristallformationen auch zunehmend biotische Elemente. Sie schimmelte. Und nachdem eine Bekannte, die ihren Sohn vorbeibringen wollte, damit der mit unseren Kindern spielt, ihn mit entsetztem Blick sofort wieder eingepackt hat, weil sie meinte, solcher Mauerschwamm sei total ungesund und das könne sie ihrem Kind nicht zumuten, machte ich mir doch Gedanken. Immerhin lebten wir jetzt schon seit über zwei Monaten mit unserem Naturwunder zusammen.

Also halt doch das Telefon. Allein dafür hasste ich die Hausverwaltung. Denn dass dort mal jemand rangeht, ist ein vermutlich nur durch menschliches Versagen zu erklärender Unfall. Aber wenn man hartnäckig genug ist, klappt es eben doch manchmal. Wahrscheinlich, weil irgendwer vergessen hat, die neue Praktikantin entsprechend zu instruieren.

»*Z.B.-Hausverwaltung*, Lüdtke, was kann ich für Sie tun?«

Ich war so perplex, dass ich erst gar keinen Ton herausbekam. Warum rufe ich hier an? Was könnten die für mich tun? Aber ehe sie auflegen konnte, fiel es mir wieder ein, und ich erläuterte hastig mein Anliegen, verwies mit deutlichem Ärger auf meine Schreiben samt beigelegten Fotos und beklagte, dass niemand reagiert habe.

»Das ist auch wirklich sehr ärgerlich, da kann ich Sie gut verstehen«, gab Frau Lüdtke mir Recht. Ich spürte, wie mir Tränen der Erleichterung in die Augen schossen. Die allerdings blieben auf halber Strecke stecken, denn jetzt sagte sie: »Darauf sollten Sie ruhig noch mal hinweisen, wenn Sie während der Sprechzeiten anrufen.«

Ich schnappte nach Luft: »Wie bitte?«

»Dienstags von neun bis halb elf und donnerstags von fünfzehn dreißig bis sechzehn Uhr.«

»Ja, aber können Sie das nicht jetzt aufnehmen?«

»Tut mir leid, jetzt ist keine Sprechzeit. Ich dürfte eigentlich überhaupt nicht mit Ihnen reden.«

»Aber hier schimmelt es seit Monaten! Und Ihre Kollegen reagieren auf nichts!«

»Ja, sehr ärgerlich, das sagte ich ja schon. Übermorgen, halb vier. Seien Sie pünktlich.«

Dann legte sie auf.

Es überraschte mich nicht, dass am Donnerstag um halb vier niemand ans Telefon ging. Ich versuchte es bis viertel nach vier durchgängig, dann hinterließ ich, wie die Bandansage mir empfahl, eine Nachricht, die eher mäßig freundlich ausfiel, aber ich achtete streng darauf, nicht ins Justiziable abzugleiten. Gar nicht so einfach. Ich bat um Rückruf, mehr so aus Spaß.

Inzwischen hatte eine kleine Kolonie seltsamer schwarzer Fliegen ihren Lebensraum in dem Küchenwandbiotop gefunden. Sie waren etwas größer und schneller als normale Fruchtfliegen, vermehrten sich aber ähnlich rasant. Der Schimmel gedieh ebenfalls prächtig. Nicht mehr lange, und ich könnte ihn von der Wand schneiden und im Jahnstadion als Rollrasen verkaufen. Ich schickte ein Fax an die Hausverwaltung und stellte das Telefon während der Sprechzeiten auf Dauerfeuer. Zu meiner Überraschung ging plötzlich jemand ran: »*Z.B.-Hausverwaltung*, Lüdtke, was kann ich für Sie tun?«

»Ach, Frau Lüdtke! Wir hatten ja vor zwei Wochen schon mal gesprochen. Die Sache mit der lebenden Wand und dem Wasserschaden, Sie erinnern sich?«

»Ach, der Herr Werning, natürlich.«

»Gut. Wir haben Dienstag und es ist zehn Uhr. Sprechzeit also, richtig?«

»Richtig, stimmt genau.«

»Wunderbar. Könnten Sie mich dann bitte mit ihren zuständigen Kollegen verbinden?«

»Verbinden?«

»Ja, verbinden. Oder holen Sie sie ans Telefon, was weiß ich. Ich möchte jedenfalls bitte jetzt mit einer zuständigen Person sprechen.«

»Aber das tun Sie doch.«

»Was?«

»Sie sprechen mit der zuständigen Person. Ich bin's.«

Ich holte tief Luft. Wenn ich jetzt auch nur näherungsweise das sagte, was ich dachte, würde mich demnächst wieder die Polizei um sechs Uhr morgens aus dem Bett klingeln. Es galt also, Contenance zu wahren. Zähneknirschend schilderte ich deshalb das Problem nochmals in all den schillernden Farben, die die Küchenwand inzwischen zeigte. Frau Lüdtke versprach, sich gleich darum zu kümmern, und bestätigte mir noch einmal, dass es ganz unverständlich sei, dass niemand bisher reagiert habe. Bald schon, versicherte sie mir, bald schon werde sich jemand bei mir melden.

»Das glauben Sie doch selbst nicht«, entfuhr es mir.

»Na ja, wer weiß«, sagte sie. Dann wünschte sie mir noch alles Gute für meinen weiteren Lebensweg und legte auf.

Als Ende Oktober dann tatsächlich ein Mann von der Hausmeisterserviceagentur (selbstverständlich unangemeldet, aber wir Weddinger sind ja eh den ganzen Tag zu Hause, wird er sich wohl gedacht haben) vor der Tür stand, glaubte ich zunächst an eine Erscheinung. Ich zeigte ihm unsere Küche, die zunehmend an eine Tropfsteinhöhle erinnerte, bei der durch eine Laune der Natur die Stalakmiten an den Seitenwänden wuchsen. Er starrte erst auf die Wand, dann auf mich, dann schrie er: »Sind Sie wahnsinnig?«

Verwirrt blickte ich ihn an und fragte nur: »Hä?«

»Mensch, wie können Sie es denn so weit kommen lassen! Da muss man doch was machen! Das muss man doch melden! Ist Ihnen klar, dass das die ganze Bausubstanz kaputt macht? Und gesundheitsschädlich ist es auch noch. Seiense mal froh, wenn der Hausbesitzer da keine Schadensersatzklage gegen Sie einreicht!«

Ich holte tief Luft, musste aber gleich husten, wahrscheinlich wegen der Sporenkonzentration in der Luft.

»Das muss doch irgendwo herkommen, das Wasser!«, widmete er sich nun fachmännisch dem Problem, und ich konnte mit meinem reichhaltigen Erfahrungsschatz auftrumpfen: »Genau! Aus der Wand nämlich.«

Er traute sich aber nicht, näher heranzugehen. »Ich will ja nicht krank werden«, grummelte er, dann besahen wir uns die andere Seite im Treppenhaus, wo inzwischen ebenfalls kleine Skulpturen wuchsen. »Vielleicht ist es was mit dieser alten Außentoilette«, mutmaßte der Hausmeisterserviceagenturmitarbeiter. Auf halber Treppe waren hier früher mal Außentoiletten, ich habe sie in den fünfzehn Jahren, die ich hier wohne, allerdings nicht mehr erlebt. Ich habe keine Ahnung, was noch hinter diesen Türen sein könnte. »Haben Sie den Schlüssel dazu?«, fragte er mich. Habe ich natürlich nicht. »Na gut, dann muss die Hausverwaltung den ja wohl haben, von hier kommt man vielleicht an die Rohre ran.«

Er machte abschließend noch ein paar Fotos von meiner Küchenwand. Ich wies nur müde darauf hin, dass ich schon ganze Bildergalerien davon verschickt hatte, er sagte nur: »Ist Vorschrift«, dann rauschte er kopfschüttelnd ab. »Wedding!«, zischte er noch, als er die Tür hinter sich zuzog. Es klang, als würde er dabei ausspeien.

Dann ging alles sehr schnell. Schon am nächsten Tag meldete sich ein Installateur. Wir machten einen Termin für den Nachmittag, er besichtigte kurz die Küchenwand, dann wurde er ganz blass und murmelte: »Mann, Mann, Mann, wieso kommen Sie damit denn erst jetzt! So was muss man doch sofort melden!«

Schließlich suchte er nach einem Zugang zu den Rohren. Wir standen wieder im Treppenhaus vor der Außentoilettentür, er fragte mich nach dem Schlüssel. Machen wir's kurz: Er sagte, dann müsse die Hausverwaltung eben den Schlüssel besorgen, machte anschließend noch ein paar Fotos von meiner Wand, dann war er verschwunden.

Das ist jetzt drei Wochen her. Ans Telefon geht bei *Z.B.-Immobilien* niemand mehr, egal zu welcher Zeit. Immerhin, einen kleinen Lernerfolg habe ich also erzielt.

Der *GEO*-Verlag war auch sehr angetan, als ich ihm mein Portfolio mit den Luftaufnahmen geschickt habe.

Und wenn wir endlich alle, die diesen ganzen Outsourcing-Scheiß mitverantwortet haben, nach der Revolution an die Wand stellen werden, dann weiß ich auch schon, an welche.

Auf dem Sprengel-Spielplatz

Natürlich ist gegenseitige Rücksichtnahme und Akzeptanz die Grundvoraussetzung der Zivilisation. Wenn ich mit unseren Kindern unterwegs bin, halte ich sie jederzeit an, sich angemessen und wenig störend zu benehmen. Immer wieder aber stößt man auf Zeitgenossen, die einen sofort missmutig anschauen, wenn man mit Kindern hereinkommt, mürrisch lassen sie fortan mit jedem ihrer verschorften eineinhalb Gesichtsausdrücke verstehen, dass ihnen unsere Anwesenheit missfällt. Weil Kinder, selbst wenn sie sich gut benehmen, natürlich nie völlig still dasitzen. Das stört die Gäste am Tisch nebenan, und das lassen sie uns wissen. Man muss sich das mal vorstellen: Die sitzen dort, schlürfen irgendeinen Energy-Drink oder eine hippe Kaffe-mit-Kunstaroma-Plörre, deren blanke Existenz eine Kampfansage an jeden ist, der noch ein ästhetisches Restempfinden hat, und unterhalten sich dabei völlig ungerührt und auf jeden Fall so, dass man es am Nebentisch gut verstehen kann, mit Sätzen, in denen Wörter wie »Mindset«, »Workout«, »Scheduling« oder »Leadership Skills« vorkommen – und dann sind sie entrüstet, wenn die Kinder mal ein bisschen quieken.

Zum Glück ist das im Wedding normalerweise entspannter. Da kann man mit Kindern hingehen, wo man möchte. Auch später am Abend.

Das Hochzeitsfest, auf dem wir waren, war äußerst angenehm, gern wollten wir noch eine Weile bleiben, und dafür galt es, die Blagen bei Laune zu halten. Denn damit meine Freundin und ich weiter feiern konnten, mussten die Nachkömmlinge entweder mithalten, solange ihre Kondition das zuließ, oder vor Entkräftung unter irgendeinem Biertisch zusammenbrechen und dann eben Ruhe geben, aber so weit waren sie noch nicht. Ich konnte mich dem Wunsch der kleinen Bande, bestehend aus meinen beiden Söhnen und zwei Freunden von sieben und acht Jahren, nicht verschließen. Sie wollten nämlich unbedingt noch auf den Sprengel-Spielplatz, nur für eine halbe Stunde. Na schön. So verließen wir also an diesem Samstagabend gegen 22.30 Uhr die Feier, um uns zum Spielplatz zu begeben. Die vier Kleinen wuselten um die Tische herum, die vor den Restaurants am Nordufer stehen, die Stimmung war entspannt.

Der Sprengel-Spielplatz war dann aber doch weiter abseits, als ich das in Erinnerung hatte. Vor allem aber: Er liegt mitten im Sprengel-Park. Und der wiederum war erheblich dunkler, als ich angenommen hätte. Es gab keine einzige Laterne. Mir wurde etwas mulmig, die Kinder aber waren aufgeregt und begeistert. Insgeheim hoffte ich auf ein verschlossenes Tor.

Aber das stand offen, und nirgends konnte ich ein Schild erkennen, das den Zugang zeitlich reglementieren würde und auf das ich hätte verweisen können.

Ich schluckte. Ich finde es ja meist schon etwas gruselig, wenn ich nachts in Berlin durch dunkle und menschenleere Seitenstraßen laufe. Die Sache wurde mir unheimlich.

Ganz im Gegensatz zu den Kindern, die längst jubelnd irgendwo zwischen den düsteren Büschen verschwunden waren. Verdammt. Ich konnte es nicht länger leugnen: Ich hatte Angst. Wir waren mitten im Problembezirk, wo ein Buschkowsky sich schon tagsüber in die Hosen machen würde, und ich rannte mit vier Grundschul- und Kindergartenkindern nachts durch einen unbeleuchteten Park. Andererseits wollte ich mich auch nicht vor den Kleinen lächerlich machen, weil ich Angst im Dunkeln habe.

Jäh wurde ich aus meinen Gedanken gerissen, als ein furchtbares Quietschgeräusch einsetzte. Kurz erstarrte ich vor Schreck, dann erkannte ich im trüben Restlicht der von der Straße hinüberscheinenden Laternen, dass die Kinder die Wippen gefunden hatten. Ich schloss zu ihnen auf. »Sagt mal«, versuchte ich, einen Abgang in Würde vorzubereiten, »wenn ihr euch ein bisschen fürchtet, weil es hier so dunkel ist, ist das schon OK ...« »Wieso?«, fragte Steffi, »ist doch voll cool!« »Genau«, rief Nick von oben, »endlich sind die Geräte mal frei!« Ich schaute mich beunruhigt um und versuchte, etwas zu erkennen. Saßen da nicht irgendwelche Typen auf den Bänken da hinten? Oh Mann, wahrscheinlich ist das hier nachts der Drogenumschlagplatz Nummer eins, und ich laufe mit einem halben Kindergarten auf. Das konnte ja heiter werden. Andererseits: So aufgedreht, wie die Kinder inzwischen waren, vermittelten sie ohnehin den Eindruck, als hätten sie schon reichlich Stoff intus. Die Gestalten erhoben sich leise schimpfend von den Bänken und strebten dem Ausgang zu. Guck an. Ganz offensichtlich hatten die Kinder hier gerade die Dealer verscheucht. Das war ja einfach. Vielleicht sollte man den Tipp mal an die Berliner Polizei weitergeben. Statt der ewigen Pferde- und Hundestaffeln könnten die sich ein paar mobile Kindergartenkommandos zur Vergrämung zulegen. Das würde gleichzeitig auch die Probleme bei der Schaffung von Betreuungsplätzen lösen.

Aus einem der Büsche hinter den Bänken ertönte plötzlich ein lautes, grauenhaftes Quäken. Ich war kurz entsetzt, dann hörte ich es krachen und splittern, eine große Gestalt wankte hervor, hielt sich die Ohren zu und flüchtete den anderen hinterher. »Nick!«, zischte ich drohend, »hast du etwa dieses furchtbare Trötenteil mitgenommen?« Damit hatte er vorhin schon die Hochzeitsgesellschaft terrorisiert, so ein Ding, wo man reinpustet, und dann stülpt sich unter infernalischem Krach eine Papierzunge nach draußen. »Aber ihr habt doch gesagt, dass ich da gefälligst draußen mit rumtrompeten soll!«, protestierte er. »Ja, aber doch nicht hier auf dem Spielplatz!« »Wo denn, wenn nicht auf einem Spielplatz?« »Ja, schon auf einem Spielplatz, aber doch nicht nachts!« »Wieso denn, hier stört es doch niemand.« Nein, inzwischen wohl nicht mehr. Offenbar hatten wir alle vertrieben. Ich konfiszierte das Teil trotzdem.

Im nächsten Moment kletterten alle an der Seilbahn herum und schwangen sich mit lautem Scheppern von einem Ende zum anderen. Ich seufzte und setzte mich auf eine Bank. Wohl war mir zwar irgendwie immer noch nicht, aber was soll's, da musste ich jetzt wohl durch. Solange niemand in der Nähe war ...

Ein Wunsch, der sich leider nicht erfüllte. Eine Gruppe Halbstarker trat durch das quietschende Tor. Bald darauf hörte ich die charakteristischen Lautäußerungen der hier endemischen Lebensform: »Ey-isch-schwöre-bistu-schwul-Mann«-Rufe. Ich war alarmiert. Sie kamen näher. Mich konnten sie eigentlich noch nicht gesehen haben, ich saß im Schatten der Büsche, gut verborgen. Sie gingen auf die Kinder zu. Ach du Scheiße.

Sonst wechsle ich immer die Straßenseite, wenn mir solche Adoleszentengruppen begegnen. Ich habe normalerweise keine Angst im Wedding, aber es empfiehlt sich eben doch, die Regeln zu beachten. Konfrontation meiden, potenziellen Konfliktherden aus dem Weg gehen. Dieser Konfliktherd bewegte sich allerdings gerade schnurstracks auf uns zu, wohl oder übel würde ich mich einmischen müssen.

Ich wollte mich gerade erheben, als einer der Jugendlichen rief: »Ey, hammer Gondel, Mann! Können wir mitmachen?« Die Kinder waren begeistert, ich ließ mich resignierend wieder auf meine Bank sinken.

Um kurz vor zwölf fand ich es dann aber doch an der Zeit, alle wieder einzusammeln. Ich wünschte den jungen Herren weiter viel Spaß, empfahl ihnen für die weitere Abendgestaltung noch die Wippen, dann machten wir uns auf den Rückweg. Kurz vor dem Tor, am dunkelsten Teil, auf dem Weg durch die Büsche, zischte uns jemand an: »Psst, hey! Willst du was?« Wahrscheinlich hatte er nur mich gesehen. Und mit der vierstimmigen Antwort offenkundig nicht gerechnet: »Bonbons! Hast du Bonbons?« Panisch hastete der junge Mann davon, und wir waren endlich am Ausgang angekommen. Erleichtert atmete ich auf, als wir wieder auf die Straße und in das Laternenlicht traten.

An den Tischen am Nordufer war noch einiges los. Eine Frau, die an einem Cocktail schlürfte, guckte uns böse an und schimpfte zu ihrem Begleiter, aber noch gut hörbar für mich: »Um diese Zeit noch mit Kindern draußen! Un-mög-lich!«

Ich wühlte etwas in meiner Jackentasche, holte das Trompeten-Quak-Dings hervor, drückte es Nick in die Hand und wies ihn an, den Herrschaften an dem Tisch ein kleines Ständchen darzubieten. Die Kinder waren außer sich vor Freude. Und ich fand letztlich auch, dass es doch eigentlich ein ganz netter Ausflug gewesen war.

Im Skulpturenpark

Da ein Freund von mir Künstler ist – also richtig, nicht irgendein Feld-, Wald- und Wiesenkünstler, sondern mit Diplom –, in Sachen Skulpturen macht und mit ein paar Kollegen einen Kunstverein gegründet hat, der ein Jahr lang eine Brachfläche im Wedding bekunstwirtschaftet, kam ich einer Einladung zur Vernissage der Arbeit »New Frontiers« im »Skulpturenpark Berlin_Wedding« gerne nach. Bei dem Projekt handelte es sich um die Augustkunst. Ein Jahr lang gab es jeden Monat frische Kunst auf der Fläche des Skulpturenparks.

Nun bin ich persönlich mit der bildenden Kunst im Allgemeinen nicht sehr vertraut; und allzu leicht ergeht man sich ja in Klischees: »Oh, ein runtergefallenes Päckchen Butter – wäre ich jetzt ein Künstler, wäre das moderne Kunst, haha!« »Oh, ein kleiner blauer Fleck auf der Wand – höhö, könnte auch moderne Kunst sein.« Oder gar: »Oh, eine Brache in der Stadt – das ist jetzt bestimmt Kunst!« Ich aber war wild entschlossen, vorurteilsfrei an die Kunst heranzugehen und mich wirklich »auf sie einzulassen«, wie es ja immer gefordert wird, nicht zuletzt, weil ich den Künstler sehr mag.

Auf der Brachfläche erkannte ich zwei Handvoll Gestalten, darunter meinen Freund, den Diplomkünstler. Ein wenig wunderte mich, dass ich keinerlei Skulptur erkannte, aber das würde sicher noch.

Die Kunst sei gerade unterwegs, unterrichtete mein Freund mich sinngemäß, sie käme aber gleich zurück. Aha. Ich kenne mich ja nicht aus. Am besten also einfach so tun, als sei das ganz selbstverständlich. Wahrscheinlich war es sogar ganz selbstverständlich. Trotzdem fragte ich jetzt erst mal, um welche Art Skulpturen es sich denn genau handle. Nun ja, wurde mir erklärt, im Grunde sei das alles die Skulptur. Ich schaute mich um: nichts. Da war einfach gar nichts. Nur die Brachfläche, einige Bauzäune, drumherum schmucklose Mehrfamilienhäuser und in der Ferne, jenseits der Brache, der Blick auf das Regierungsviertel. Das ist nicht wahr, dachte ich. Das ist ja unterstes Klischee.

Na ja, ganz so sei es auch nicht, wurde mir dann erläutert, die Kunst sei eine Route, die über diese Brachfläche führe, eine Route aus Trampelpfaden, die die Leute, die ihre Hunde hier ausführen, sozusagen angelegt haben, es gehe auch entlang dem Verlauf der ehemaligen Mauer und über einige Grundstücksgrenzen, denn die Flächen seien ja alle parzelliert und zum Teil auch in spekulativer Absicht gekauft worden. Die Route verbinde all diese Wege. Und zur Verwirklichung dieser Installation habe man einen Mann von einem privaten Sicherheitsdienst engagiert, einen Weddinger Ureinwohner, der einen Monat lang mehrmals täglich diese Wege über die Brache ablaufe und so das leere Gelände bewache, auf dem es ja eigentlich gar nichts zu bewachen gebe. Das allerdings klang, so fand ich, interessant.

Da kam auch schon eine Menschentraube hinter ein paar Büschen vor, angeleitet von einem Mann in Security-Uniform. »Ah, da sind sie ja wieder! Gleich kannst du ja mal mitlaufen«, schlug mein Freund vor.

Wir Kulturinteressierten sammelten uns also vor dem Auto des Wachmanns. »Noch einen Moment«, sagte der, »jetzt macht die Kunst erst mal 'ne kurze Pause, wa?« Er setzte sich ins Gras.

Nach einer Viertelstunde stand die Kunst auf, rief: »Letzte Runde für heute«, und wir starteten. Ein Trampelpfad führte über die Wiese, um Büsche herum, entlang einem kleinen Bauschutthügel. Drei der Kunstbegeisterten, es waren Touristen, hatten ihre Kamera dabei. Am Anfang wirkten sie irritiert, so recht schienen sie nicht zu wissen, was sie fotografieren sollten. Dann aber verloren sie ihre Scheu und knipsten begeistert drauf los – sie knipsten: nichts. Denn das, so entnahmen wir dem Info-Zettel, war eines der Ziele: Hier wird Nichts abgeschritten, hier wird Nichts bewacht. Also wurde auch Nichts fotografiert, das war nur folgerichtig. Oder, wie es das Infoblatt formulierte: »Der Sicherheitsmitarbeiter wird so zum Darsteller einer wiederkehrenden performativen Handlung und kontrolliert letztlich nur sich selbst.«

Der Wachmann schien mit seiner Rolle als Kunstobjekt noch nicht restlos im Reinen. Einerseits merkte man, dass er ein wenig stolz war, immerhin waren einige Dutzend Leute hergekommen, darunter auch Englisch- und Spanischsprachige und sogar Asiaten. Sie waren gekommen, um ihn zu sehen, wie er eine leere Fläche abschritt, wobei sie ihn pausenlos fotografierten. Andererseits, das konnte er nicht ganz verbergen, wusste er nicht, was das alles sollte: »Und jetzt kommen wir zum, ich sag mal: nächsten Ausstellungsstück.« Er wies auf einen Bauzaun. Das war sicher freundlich gemeint, obwohl ich ja vermutete, dass er mit seiner Redseligkeit die eigentliche Performance, nun ja, manipulierte? Oder war gerade diese Ratlosigkeit im Umgang mit ihr Teil der Installation? Ganz schön knifflig, das alles.

Nach dem Bauzaun ging er zu einem kleinen Sandhaufen, auf dem ein metallener Gegenstand lag. Wir trotteten ihm brav hinterher, die Fotografen wurden ganz aufgeregt. Der Wachmann nahm das Metallding in die Hand, betrachtete es kurz versonnen, dann erst schien er sich der Situation zu vergegenwärtigen: »Stopp, nein! Das gehört nicht dazu. Also, das ist jetzt nicht Teil der Ausstellung. Ich wollte nur mal gucken, was da rumliegt.« Er wirkte fast ein bisschen erschrocken, offenbar fürchtete er, dass er das Werk irgendwie kaputt gemacht haben könnte. Also weiter auf der vorgegebenen Route. Die führte vorbei an einem Loch. »Das ist die Skulptur vom letzten Monat«, erläuterte der Wachmann, und wir schauten alle staunend in das Erdloch, in das eine kleine Holztreppe führte. »Können Sie ruhig reingehen, das stört nicht«, informierte der Sicherheitsmann, »das ist ja schon abgelaufen, das Ding«. Einige Kunstinteressierte stiegen in das Loch hinab, fotografierten ein bisschen und kamen zufrieden wieder hoch. Dann bogen wir noch einmal um eine kleine Buschgruppe, und schon waren wir wieder am Ausgangspunkt. »Oh, it's marvellous!«, begeisterten sich die Engländer, und die beiden Künstler, die hinter dem Tisch standen und Punsch austeilten, freuten sich. Sie standen nun Rede und Antwort, und eine rege Diskussion setzte ein.

Der Wachmann aber hatte seine letzte Runde für diesen Tag geschafft. Er nahm seine Mütze vom Kopf, setzte sich in sein Auto und rief zum Abschied: »Bis morgen denn, wa?« Dann fuhr die Kunst langsam auf die Straße und verschwand im Gewühl der Großstadt.

Sammelbilder

»Papa, können wir auch diese Bilder sammeln?«

»Was denn für Bilder?«

»Im Supermarkt! Da gibt's jetzt immer Bilder. Man kann ein Album kaufen, und dann sammelt man die.«

»Was denn für Bilder?«

»Tierbilder!«

»Was denn für Tiere?«

»Ganz tolle, viele verschiedene Tiere!«

»So süße Hunde, niedliche Kätzchen, putzige Meerschweinchen? So was sammeln wir auf gar keinen Fall. Sammeln ist sowieso nichts. Am Anfang macht das noch Spaß, aber hinterher kriegt man die letzten fehlenden Bilder nicht zusammen, weil sie die extra knapp machen, damit man immer mehr davon kauft und kauft, und am Ende kostet so ein lausiges Sammelalbum so viel wie ein in Mondkalbsleder gebundener Prachtbildband mit Feinunzen-Prägung. Und das für irgendwelche Fohlen oder Lämmchen – niemals!«

»Nein, es gibt Erdferkel und Königskobras und Vogelspinnen und Riesenhaie!«

»Hm. Na gut, können wir machen.«

Sie wissen eben, wie sie mich rankriegen. Bei *Edeka* gibt es also Sammelbildchen zu jedem Einkauf. Das ist ja eigentlich ganz in Ordnung. Einkaufen müssen wir sowieso. Für jeweils 10 Euro Einkaufswert gibt es ein Tütchen. Das Album ist ausnehmend hübsch gestaltet: »In 180 Stickern um die Welt« lautet das Motto, in Zusammenarbeit mit dem WWF geht es von Kontinent zu Kontinent, jedes Tier wird mit einem kleinen Steckbrief vorgestellt, außerdem lernt man nebenbei noch eine Menge über schöne Naturschutzprojekte. Und endlich gehen die Kinder mal ohne Gemaule mit zum Einkaufen. Es ist ein großer Spaß, als wir Katzenbär, Vielfraß, Gouldamadine und Gürteltier an die vorgesehenen Stellen kleben, die Kinder sind begeistert. Und können es gar nicht abwarten bis zum nächsten Einkauf.

So füllt sich das Album Stück für Stück. Ich kann nicht ganz verhehlen, dass ich inzwischen durchaus ein wenig mitfiebere, wenn die Kinder ihre Tütchen aufreißen und das neu eingetroffene Tier-Material sichten. Okapi, Lederschildkröte, Lachs und Kondor helfen, schmerzliche Lücken zu schließen. Trotzdem: 180 Sticker sind eine ganze Menge. Zumal sich natürlich recht bald auch die ersten Doubletten dazugesellen. Und immer nur vier Bilder für 10 Euro Einkauf – das Tempo ist nicht gerade rasend, mit dem das Album sich nach der recht zügigen Startphase füllt. »Kommt Kinder, wir gehen einkaufen und holen neue Bilder«, motiviere ich meine beiden, aber auch hier ist die ursprüngliche Begeisterung inzwischen eher einem gewissen Pragmatismus gewichen. Sie sagen: »Och, geh ruhig allein, du kannst uns doch Bilder mitbringen.«

Es muss also etwas passieren, um die Motivation der Kleinen aufrechtzuerhalten. Nach und nach gehe ich dazu über, ausschließlich Bio-Produkte zu kaufen. Das lässt den Bild-Output merklich in die Höhe schießen. 10 Euro kostet eine Packung Kaffeebohnen, für 20 Euro kriege ich die gleiche Menge mit Öko-Siegel und also glatte vier Bildchen mehr. Ich bin begeistert. Wie es ja überhaupt erstaunlich ist, wie man seine Umwelt mit ganz anderen Augen sieht, wenn man nur mal die Perspektive wechselt. Früher etwa ist mir nie aufgefallen, dass in unserem Haushalt noch dringend der »induktionsgeeignete Jumbotopf Profi mit verkapseltem Sandwichboden« fehlt. 34,99 Euro, das sind 12 Bilder. Einen besseren Schnitt mache ich nur noch mit der »Warmhalteplatte Tina«. Meine Freundin meldet zwar Zweifel an, ob wir die tatsächlich brauchen, aber ich denke, angesichts von »Antihaftbeschichtung, Trockenheizsystem und formschöner Kontrolllampe« sind 47,99 Euro vollkommen angemessen. Satte 20 Bilder winken.

Zu Hause können die Kinder ihre Freude darüber leider nicht recht zum Ausdruck bringen. »Kommt, Bilder einkleben!«, rufe ich sie, aber sie vertrösten mich auf den Abend, jetzt wollen sie lieber Spongebob gucken. Erst als ich mit einem einwöchigen Fernsehverbot drohe, können wir endlich die Neuzugänge überprüfen. Und siehe da: Bingo! Der Tüpfelbeutelmarder ist endlich dabei sowie der noch fehlende Bürzel des auf vier Bilder aufgeteilten Laysan-Albatrosses. Den lasse ich die Kinder aber nicht einkleben, die machen da nur wieder so hässliche Kanten rein.

Aber mit zunehmendem Füllungsgrads des Albums wird es immer schwieriger, die letzten Lücken zu schließen. Nimmersatt, Kaiserpinguin, Schwarzfußiltis und Dugong fehlen, und die Chance, sie durch reguläre Einkäufe zu ergattern, ist astronomisch gering. Zumal meine Freundin den Erwerb der attraktiven »BEKO-Waschmaschine« ablehnt, trotz »Wasserschutzsystem, Energieeffizenzklasse A+, Programmablaufanzeige und automatischem Unwuchtkontrollsystem«, und das für nur 199 Euro. Sie beharrt darauf, dass unsere Waschmaschine erst ein Jahr alt sei und tadellos funktioniere, trotz fehlender Programmablaufanzeige. Verdammt, das hätte fast 80 Bilder gebracht.

Die Lage wird langsam verzweifelt. Die armen Kinder! Zum Glück bietet *Edeka* am kommenden Samstag eine Tierbilder-Tauschbörse an. Leider kann ich die Kleinen nicht dazu bewegen, mitzukommen. Ich zaudere etwas bei dem Gedanken, mit einer Schar kreischender Sechsjähriger über den Preis einer Seekuh verhandeln zu müssen, aber nun gut, was muss, das muss.

Samstag um zwölf Uhr stehe ich pünktlich im *Edeka* an der Müllerstraße bereit. Ich halte mich lieber erst mal unauffällig bedeckt. Seltsam, nirgendwo sind Kinder zu sehen. Dafür stehen überall in den Ecken verdruckste Gestalten herum. Eine vielleicht achtzigjährige Oma kommt mit ihrem Rollator hereingeschoben, das Körbchen an der Gehhilfe ist, ich traue meinen Augen kaum, randvoll mit Sammelbildchen. »Hat jemand einen Bonobo?«, ruft sie laut in den Raum, und da fallen alle Hemmungen. Hektisch holen alle stapelweise Bilder aus den Manteltaschen und blättern darin, hier ein Lappenchamäleon, da ein Nordkaper, zwei ältere Herren geraten in einen erbitterten Streit um ein Eisbärjunges. Da sehe ich ihn plötzlich aufleuchten, in der Hand einer vierzigjährigen Geschäftsfrau im roten Kostüm: der Schwarzfußiltis! Flugs wechselt der Amazonas-Flussdelfin die Seiten, und schon ist der räudige Marderartige mein. Geschafft! Wir haben alle Bilder vollständig!

Am Abend meldet sich ein entfernter Bekannter. Er habe gehört, dass wir auch sammeln. Seine Tochter ja auch, und jetzt würden nur noch acht verdammte Bilder fehlen. Ich wüsste ja, wie das ist, die Kleine wäre ganz außer sich, die Tränen, das Geschrei ... Kinder eben! Und wir hätten doch bestimmt auch so einige Doppler. Ob wir da seine Tochter nicht mal gucken lassen könnten ...

Eine Stunde später steht er bei uns in der Tür und nimmt die Bilder in Empfang. Ein Kind hat er nicht dabei. Ich nicke ihm verständnisvoll zu.

Geisterfest

Alljährlich am 31. Oktober ist es wieder soweit: Untote und schaurige Monster erheben ihr keckes Haupt, um uns Sterbliche das Fürchten zu lehren. In diesem Jahr ist es besonders schlimm. Denn pünktlich zum Halloween-Fest erscheint uns Margot Käßmann, gegen deren Antlitz marktübliche Zombies wie drollige Kuscheltiere erscheinen.

Sie hat sich aus ihrem Grabe erhoben, um das Kürbis-Fest zu geißeln. Oder um es mit Käßmanns Worten zu sagen: »Halloween ist gegen alle Grundüberzeugungen der Reformation.« Denn ein Anlass, an dem Kinder einfach so ordentlich Spaß haben, ist der evangelischen Kirche naturgemäß ein Graus. Die frühere hannoversche Landesbischöfin empfindet Halloween in Deutschland »als kommerziellen Humbug. Man kann überall nachlesen, wie der Halloween-Trubel in Deutschland entstanden ist: Es ging darum, irgendwo im Kalender zwischen den Sommer-Grillpartys und dem ersten Advent noch ein Verkaufs-Event mit allem möglichen Schnickschnack zu etablieren.«

Und das geht natürlich gar nicht. Ein Verkaufs-Event für Kürbisse und Bonbons, einfach so. Und das mitten in unserem durch und durch christlich orientierten Wirtschaftssystem, dem Verkaufs-Events traditionell vollständig wesensfremd sind. Ein Skandal. Denn bislang herrschte zwischen den Sommer-Grillfesten und dem ersten Advent Buße, Bescheidenheit und die Ablehnung jedes Kommerzes. Und nun kommt Halloween und macht alles kaputt. Da ist es nur recht und billig, dass Frau Käßmann darauf hinweist, dass der »Reformator Martin Luther Angst nehmen wollte – vor Geistern, Gespenstern, dem Bösen, dem Teufel«.

Das gelang ihm übrigens auch deswegen so vorzüglich, weil er viele der Ängste einfach auf die Juden projizierte, die der überzeugte Konfessionsstifter und Antisemit mindestens so sehr hasste wie Margot Käßmann die Amerikaner, die uns schließlich nicht nur die Negermusik brachten, sondern jetzt auch noch dieses neumodische Geisterfest: »Und heute? Da sind am 31. Oktober die Kinder in Grusel-Kostümen unterwegs. Das kann ich nicht ernst nehmen«, erklärte Käßmann. Wie auch: Sie nimmt es ja sonst schon ernst, dass ihr Lieblingsstar nach seiner Kreuzigung von den Toten auferstanden sein soll. Also praktisch ein Zombie ist. Klar, dass da moderne Konkurrenz, die einem das Alleinstellungsmerkmal klaut, nicht gern gesehen ist. Käßmann ist aber »dagegen, mit moralisch erhobenem Zeigefinger gegen einen solchen Blödsinn anzugehen«. Das sagt sie im selben Interview wie ihre moraline Halloween-Kommerz-Suada, und niemand kommt, die Dame in die nächste verfügbare Gummizelle zu geleiten.

Aber allein schon, weil Margot Käßmann und ihr puristischer Selbstgeißelungs-Fanclub im immerwährenden Verbund mit den Berufszonis, den Traditionsnazis und den notorischen Anti-Amerikanismus-Linken so sehr dagegen ist, gilt es, Halloween angemessen zu feiern. Süßes oder Saures soll es also sein, und die Kinder sind schon ganz aufgeregt. So begeistert wie beim Kürbisschnitzen haben sie sich noch nie irgendeinem Gemüse gewidmet. Das ist mir unheimlich, nicht, dass sie am Ende auch noch zu Vegetariern oder so was werden und sich dann in kleine Käßmänner verwandeln.

Es gilt also, ordentlich Zucker einzutreiben. Ich creme sie zunächst mal gründlich mit Nutella ein. Zufrieden betrachte ich mein Werk. Zumindest bei einem Besuch bei den Bio-Eltern im Prenzlauer Berg wären sie jetzt schon mal die ultimativen Schocker.

Aber dann gibt es am Ende wieder Gequake wegen Blackfacing, und außerdem fahren wir ja zum Süßigkeitensammeln auch gar nicht in den Prenzlauer Berg. In den Jahren zuvor waren wir zu diesem Zweck immer bei Freunden in Tegel, doch die haben dieses Jahr keine Zeit. Also muss eben im heimischen Wedding gesammelt werden.

Meine beiden Söhne mit ihren Freunden verkleiden sich als Zombies und Hexen, als Frankensteins und als Motive von Edward-Munch-Gemälden. Erems Der-Schrei-Maske fasziniert mich besonders. »Weißt du denn eigentlich, woher die kommt?«, frage ich interessiert und tippe natürlich eher auf diesen Teenager-Horror-*Scream*-Streifen als auf bildende Kunst. »Na klar!«, sagt Erem, »aus einem *Nintendo*-Game. Da muss man so Kinder mit Kürbisköpfen abschießen.« Vermutlich herausgegeben von der evangelischen Kirche, denke ich.

Dann zieht der Trupp los. Sechs kleine Kinder im Alter von drei bis sieben, mehr oder weniger gruselig verkleidet. Ich aber misstraue dem Wedding dann doch ein wenig und halte mich für alle Fälle lieber eine Etage unter ihnen im Hintergrund und beobachte von dort unauffällig das Geschehen. Wer weiß schließlich, was passiert, wenn sie versehentlich bei einem Protestanten-Haushalt klingeln. Außerdem bin ich schon auch gespannt, wie die Weddinger insgesamt so reagieren und wie die Kleinen sich schlagen.

Beim ersten Versuch öffnet ein vergleichsweise normal aussehender, älterer Herr. »Entschuldigen Sie bitte«, wispert Erem, der sich zum Anführer aufgeschwungen hat, hinter seiner Schrei-Maske hervor, »kennen Sie zufällig Halloween?« Der alte Herr guckt konsterniert. »Also«, fährt Erem fort, »das ist so ein Fest, da ziehen Kinder von Tür zu Tür. Deswegen sind wir auch zu Ihnen gekommen und wollten Sie freundlich fragen, ob ...«

Der Alte holt tief Luft, dann herrscht er die Kleinen an: »Wollt ihr mich verscheißern, oder was? Na klar weiß ich, was Halloween ist. Und deshalb weiß ich auch, dass das so aber nicht geht, ihr Mimosen. Süßes oder Saures heißt das, vastehta? Böse muss das klingen, furchteinflößend. Ich meine, da macht ihr voll auf Frankenstein und Zombies und diese Type aus diesem *Nintendo*-Spiel mit den Kürbiskopfkindern, und dann kommt ihr hier so höflich angekrochen, als wolltet ihr ner alten Omma über die Straße helfen, also mal ehrlich!« Er schüttelt den Kopf und schmettert die Tür ins Schloss. Verdutzt und mit leeren Händen stehen die Kinder davor, ich eile zu ihnen, um mentale Aufbauarbeit zu leisten. Und ich glaube, ich muss mich doch auch mal mit diesem Nintendo-Kram beschäftigen, ich komme mir irgendwie sehr altmodisch vor.

Beim nächsten Versuch sind sie schon etwas selbstbewusster. »Süßes oder Saures!«, piepsen sie, das klingt zwar immer noch eher mitleiderregend als furchteinflößend, aber immerhin. Und diesmal scheinen sie an eine halbwegs informierte und etwas ausgeglichenere Person geraten zu sein, sie sagt: »Huch, nein, bloß nichts Saures, dann bringe ich euch natürlich etwas Süßes!« Sie tätschelt Frankenstein kurz übers Köpfchen und hat neben der Tür einen Schwung Bonbons und Gummibärchen liegen, die sie nun auf die Leinenbeutel der Kinder verteilt. Die Kleinen strahlen, ihre erste richtige Beute. Motiviert rennen sie das Treppenhaus weiter nach oben.

Auch bei der nächsten Wohnung haben sie Glück. Jemand öffnet die Tür, aber statt des erwarteten »Süßes oder Saures« höre ich nur ein Kreischen der Kinder, dann kommen sie mir panisch flüchtend entgegen. »Hilfe, ein Monster!«, schreit mein jüngerer Sohn. »Voll gruselig«, sekundiert Erem. Ich werfe einen kurzen Blick nach oben – ach, Gottchen, die alte Kostrowski. Gut, die könnte sich wirklich mal die Zähne machen lassen, und die Jahrzehnte im *See-Tank* haben eben auch ihre Spuren hinterlassen, aber nun ja. Ich winke ihr kurz zu, sie stiert mich teilnahmslos an, dann ziehen wir weiter.

Bei uns im Hinterhaus warne ich sie: »Hier wohnt aber Robert Rescue!« Die Kinder gucken mich mit großen Augen an und huschen ängstlich schnell weiter in den Seitenflügel.

Dort stoßen sie bei Familie Özgül zunächst auf Unverständnis. Herr Özgül hat von Halloween offenbar noch nichts gehört und scheint auch etwas irritiert über den Monster-Aufzug. Erem zieht sich die Maske vom Kopf, dann erklärt er: »Ey, ist wie Zuckerfest! Eben mit Süßigkeiten für die Kinder.« Herr Özgül bleibt skeptisch: »Aber das Zuckerfest ist doch schon vorbei, das war im August.« »Ja«, erwidert Erem, »aber das hier«, er zeigt auf die anderen Kinder, »sind alles Ungläubige. Und da ist es doch immer noch besser, sie feiern jetzt Zuckerfest als überhaupt nicht.« Das überzeugt Herrn Özgül entweder, oder es wird ihm zu kompliziert, jedenfalls holt er einen Schwung karamellisierter Nüsse und Schaumgummi-Mäuse. Ich bin beeindruckt.

Bei den nächsten Wohnungen, bei denen überhaupt geöffnet wird, verläuft alles ohne Zwischenfälle, leichte Verwirrung kommt nur auf, als die Kinder bei Hoppe klingeln, ihr Sprüchlein aufsagen, der nur brummelt: »Ah ja, klar, wartet einen Moment« und ihnen dann was in die Beutel gibt. Die Kinder wissen es nicht recht einzuordnen und kommen zu mir. »Papa, was ist das?«, fragt mein älterer Sohn. Ich schaue nach. Ach guck, ein paar Flachmänner *Kleiner Feigling*. Na ja, jeder gibt halt von dem, was er hat.

Nach zwei Stunden beenden wir unseren Zug durch die Gemeinde. Es hat Spaß gemacht, man hat die Nachbarn mal wieder gesehen, und für jedes Kind ist ein akzeptabel gefüllter Beutel herumgekommen. Das Päckchen Kondome, das irgendein Volltrottel hineingeworfen hat, sortiere ich noch fix aus, die Zahnbürsten von Frau Ayzge dagegen lege ich den Kleinen sehr ans Herz. Ansonsten hat jeder nun zwei Handvoll Süßigkeiten auf der Haben-Seite.

Da werden sich die Kapitalisten wieder ordentlich die Hände reiben. Ich denke, zum Ausgleich werden wir einfach darauf verzichten, das nächste Werk aus der industriellen Massenproduktion von Margot Käßmann zu kaufen, mit dem sie spätestens bei der nächsten Buchmesse versuchen wird, ihren gedanklichen Schnickschnack in einem Kauf-Event zwischen den letzten Sommer-Grillfesten und dem ersten Advent loszuschlagen. Denn zu viel Kommerz, das muss ja nun wirklich nicht sein.

Den Sumpf trockenlegen

Wir hätten den Installateur nicht gehen lassen dürfen, das war mir eigentlich sofort klar. Natürlich hörten wir nie wieder von ihm. Und erst recht nicht von der Hausmeisterserviceagentur oder gar der Hausverwaltung. Nur die Nachbarn klingelten immer mal wieder, um sich unsere spektakuläre Schimmelwand anzusehen. Die Sache hatte sich rumgesprochen. Für das Raumklima, das ahnte ich durchaus, war sie auf Dauer sicher nicht förderlich. Für das Hausklima hingegen sehr wohl. Wir kamen einander näher beim gemeinsamen Bestaunen der Wand, beim Benennen der neuen Kristallberge und kleinen Canyons, die sich über Nacht neu gebildet hatten, beim Betrachten der pelzigen Lebensformen, die hier so kuschelig und keck durch ihr großzügiges Biotop in der Vertikalen tollten.

Manche Nachbarn erinnerten sich an diesen seltsamen Hefepilz namens Herrmann, der früher von Haushalt zu Haushalt zog, immer wieder neu heranwuchs und für die Erstellung von Glückskuchen und Friendship Bread genutzt wurde. Womöglich könnten Ableger von unserem Wandpilz bald weltweit Karriere machen, als Weddinger Pechplätzchen vielleicht oder als Battleship Bakery. Wenn man Dinge nicht ändern kann, muss man sich mit ihnen arrangieren. So dauerte es nicht lange, bis ich nachts, bevor ich ins Bett ging und das Licht löschte, in die Küche trat und unserem jüngsten Familienmitglied noch einmal freundlich durch den Pelz wuschelte, bevor ich ihm ein väterliches »Gute Nacht« zuhauchte.

Doch die zarte Romanze stieß auf die Vorbehalte einer

bornierten Gesellschaft, die alles ablehnt, was nicht ihrer kleingeistigen Norm entspricht. So warnten die Kollegen der *Reformbühne Heim & Welt* mich eindringlich, nachdem ich von unserem Wandpilz berichtet hatte, den ich wegen seines haarigen Aussehens inzwischen auf den Namen Thierse getauft hatte (im Spaß riefen wir ihn manchmal auch »Ayathollah«), dass diese Liebe auf Dauer nicht gut für mich sei, mich gar zerstören würde. Jakob Hein kam einmal mehr mit diesem unsexy Medizinerzeug, mit dem sie uns schon das Rauchen, leckeres Essen und Heroin madig gemacht haben, Jürgen Witte faselte irgendwas von Bausubstanz und einstürzenden Altbauten. Dabei war er vermutlich einfach nur eifersüchtig auf Thierse. Aber ich hielt dem gesellschaftlichen Druck letztlich nicht stand. Wir mussten unsere Schimmelwand endlich loswerden.

Das Schlüsselproblem war das Problem mit dem Schlüssel. Die rätselhafte Außentoilette, hinter deren verschlossener Tür wir die Ursache der auftretenden Feuchtigkeit wähnten, hat in den rund 15 Jahren, die ich im Haus wohne, noch nie jemand geöffnet, und es würde mich nicht wundern, wenn dahinter die Lösung für manchen Fall von der Vermisstenliste der Polizei zu finden wäre. Dass irgendjemand einen Schlüssel dafür haben könnte, hielt ich für vollkommen illusorisch. Selbst wenn es mir gelingen sollte, noch einmal Kontakt zur Hausverwaltung herzustellen und sie zu irgendeiner Form des Eingreifens in Sachen Thierse zu bewegen, würden wir spätestens an diesem Punkt erneut scheitern. Ich musste handeln.

Seit Jahren schon bin ich die zentrale Paketannahmestelle der Seestraße 606. Genau genommen der Seestraße 602 bis 608. Viele Menschen wohnen an Orten, die jenseits des Lieferbereichs von *DHL* oder *UPS* liegen. Also oberhalb des erstens Stocks. Da aber auch diese Menschen durchaus gesellschaftspolitisch engagiert denken und eifrig mit daran arbeiten, dass die lästigen Einzelhändler endlich aus den Ladenlokalen des Weddings verschwinden, um den dringend benötigten Platz für weitere Spielcasinos und Spätkaufs zu schaffen, bestellen sie regelmäßig ihre Besorgungen des täglichen Bedarfs bei *Amazon, Zalando, Manufactum* & Co. All diese Pakete landen schließlich bei mir, denn ich wohne nicht nur im Erdgeschoss, ich lebe dort auch, bin also praktisch immer zu Hause, um der Armada der Zusteller die Tür zu öffnen. So empfange ich auch seit Jahren die zahlreichen Pakete für die seltsame Rockerkneipe zwei Häuser weiter. Die Jungs dort bestellen eben auch, was sie so brauchen: Schlagringe, Wurfsterne, kleinkalibrige Munition. Seit Jahr und Tag nehme ich die Kisten an, denn der Laden öffnet erst nach Ende regulärer Zustellzeiten, und händige diese dann später den eigentlichen Empfängern aus. So kommt man sich näher im Lauf der Zeit, und irgendwann hat mir Hacki, der Chef dort, eine Flasche Wodka zum Dank in die Hand gedrückt und gesagt, dass ich mich melden solle, wenn er mir mal helfen könnte. Der richtige Zeitpunkt war nun gekommen.

Ich schnappte mir das Paket mit den Motorrad-Pinup-Kalendern, brachte es nach nebenan und schilderte Hacki in knappen Worten mein Problem. Er nickte nur, brummte etwas in seinen Bart und versprach dann, am kommenden Nachmittag bei mir vorbeizuschauen.

Ein Mann, ein Wort. Am Folgetag um drei stand er bei mir auf der Matte, um fünf nach drei war das Schlüsselproblem an der Außentoilette erledigt. Ich bat ihn, die Tür einfach mitzunehmen, und vielleicht kurz noch bei der Hausverwaltung anzurufen, um sie höflich zu bitten, doch jetzt aber wirklich mal tätig zu werden wegen der nassen Wand. Auf mich hatten sie ja nie gehört, ich hoffte darauf, dass Hacki vielleicht eher das nötige Fingerspitzengefühl und diplomatische Geschick aufbringen würde, um sie zum Handeln zu bewegen. Ich wählte also die Nummer von *Z.B.-Immobilien*, drückte Hacki den Hörer in die Hand und verließ schnell das Zimmer. Ich hörte es ein wenig dröhnen und grollen, dann kam er zufrieden nickend zu mir heraus, drückte mir das Telefon in die Hand und brummte: »Morgen um neun kommt einer von den Vögeln raus. Wenn nicht, sag mir noch mal Bescheid.« Zum Dank überreichte ich ihm noch ein Fläschchen *4711*, das ich eigentlich meiner Mutter zum Geburtstag hatte schicken wollen. Er bedankte sich, setzte es an seine Lippen und leerte es in einem Zug. Dann verabschiedeten wir uns.

Der Mann von *Z.B.-Immobilien* war pünktlich am nächsten Morgen. Er behauptete, ganz neu zu sein und von nichts zu wissen, zeigte sich empört über meine Schilderung der vergangenen vier Monate, besah sich staunend Thierse, machte zahlreiche Fotos und fragte mich anschließend nach dem Schlüssel für das Außenklo. Ich wies ihn freundlich darauf hin, dass es dort nicht einmal eine Tür gebe, er könne einfach so hineingehen. Er sah mich erstaunt an, dann ging er ins Treppenhaus und nach oben. Kurze Zeit später stand er wieder in der Wohnung, merklich erbleicht.

Noch am selben Tag tauchte ein neuer Installateur auf, der zunächst die Wand und Thierse fotografierte, dann im Außenklo verschwand und anschließend seine Diagnose verkündete: »Da ist ja ein Rohr undicht! Warum haben Sie das denn nicht früher gemeldet? Das schädigt doch die gesamte Bausubstanz, wenn das da tagelang ins Mauerwerk sickert.« Ich korrigierte ihn freundlich: »Doch nicht tagelang. Das sickert da seit mindestens vier Monaten in die Bausubstanz.« Er schaute mich ungläubig an. Dann schraubte er zehn Minuten an irgendwas herum, schließlich kam er wieder zu mir: »So, das Problem ist jetzt gelöst. Bitte unterschreiben Sie hier.« »Das Problem ist gelöst? Aber was ist denn jetzt mit der Küchenwand?« »Ach, das ist halb so wild«, beruhigte mich der Installateur, »das muss jetzt erst mal trocknen, dann können Sie da ja mal drüber streichen.« Mir aber fielen Jürgen und

Jakob wieder ein, die mich ausdrücklich davor gewarnt hatten, Thierse austrocknen zu lassen, weil er dann in Panik geraten und sporulieren würde. Und genau diese Sporen, die mein pilziger Freund im Angesicht seines drohenden Untergangs in die Luft abgebe, könnten zu gefährlichen Lungenerkrankungen führen. Ich wies den Installateur also nochmals auf den Schimmel hin und gab zu bedenken, dass man da wegen der Sporen doch irgendwas tun müsse. »Ach was«, sagte der Monteur, »das wird von den Medien nur immer hochgekocht. Da passiert gar nüscht. Hauptsache, das Rohr ist jetzt dicht, wa? Und jetzt unterschreiben Sie bitte hier.«

Ich ahnte, dass ich das auf keinen Fall tun dürfte, wenn ich nicht auf Monate mit der kaputten Wand und Thierses Sporen allein bleiben wollte, also verweigerte ich die Unterschrift. Er sah mich fassungslos an. »Aber ohne Unterschrift kann ich den Auftrag nicht abschließen!«, brüllte er mich entrüstet an. »Eben«, lächelte ich, »beschweren Sie sich doch am besten bei der Hausverwaltung.« »Allerdings!«, fauchte er und zückte sein Handy, während ich aus Pietätsgründen die Küche verließ. Ich hörte es abermals dröhnen und grollen, dann stand der Monteur vor mir und zischte mich an, in einer halben Stunde käme jemand, und wenn ich jetzt nicht unterschriebe, müsse er so lange hier warten, und das würde dann richtig teuer. Ich lächelte ihn freundlich an und fragte: »Wollen Sie einen Kaffee solange?« Er schnaubte: »Aus der versifften Küche hier, willste mir umbringen? Ich warte draußen auf der Straße!«

Der Mann von der Hausverwaltung kam mit einem freundlichen Herrn im Schlepptau, der sich als Mitarbeiter einer Trocknungsfirma vorstellte. Der sah sich die Wand kurz an, ohne sich allerdings näher heranzutrauen, dann schraubte er ein Tele-Objektiv auf seine Kamera und machte einige Fotos. »Um Gottes Willen«, seufzte er, »da muss man sofort was machen! Warum haben Sie sich denn nicht früher gemeldet?« Der Mann von der

Hausverwaltung guckte unauffällig an die Decke, ich sagte nichts.

Eine Stunde später kamen drei Männer in Schutzanzügen und mit Mundschutz, die großflächig in der gesamten Küche die Schränke von der Wand nahmen, die Tapeten abrissen, die Fliesen rausbrachen, den Putz abklopften und das halbe Treppenhaus von Anstrich und Putz befreiten. Dann schleppten sie überdimensionierte Warmhalteplatten an, also die Dinger, wie man sie beim Chinesen immer auf den Tisch gestellt bekommt, nur halt etwa pro Stück zwei Quadratmeter groß. Und sie fragten nach einem Starkstromanschluss. Sie verlangten Zugang zu meinem Stromzähler und notierten sich den Zählerstand. »Wieso das denn?«, fragte ich verwundert. »Das werden Sie gleich sehen«, sagte der Mann von der Trocknungsfirma. Dann legte er einen Schalter um, ein infernalisches Brausen erklang, das wie ein überdimensionierter Staubsauger klang, und der Stromzähler raste los, als sei der Teufel hinter ihm her. Ich war sprachlos. »Tja, das sind achttausend Watt. Aber keine Sorge«, beruhigte mich der Mann, »das bekommen Sie alles von der Hausverwaltung erstattet, deswegen erfassen wir ja den Zählerstand vorher und nachher.« »Und wann kommen Sie morgen wieder, um die Dinger abzuholen?«, brüllte ich dem Trocknungsmann über den Höllenlärm in unserer Küche zu. Der schrie zurück: »Wieso morgen? Das bleibt jetzt erst mal drei Wochen oder so, bis das Mauerwerk trocken ist.« »Aber das ist doch ein unglaublicher Verbrauch!« »Na und?« »Ich habe aber Ökostrom«, gab ich zu bedenken. Der Trockner zuckte mit den Schultern und meinte, da hätte *Z.B.-Immobilien* eben Pech gehabt. Ich kicherte. Allein dafür hatte sich der Wechsel zu *Lichtblick* damals dann ja gelohnt. Immerhin.

Fickt euch doch selbst

Mein siebenjähriger Sohn kommt aus der Schule nach Hause. Mehr so aus Pflichtgefühl frage ich: »Und? Wie war's?« Die obligatorische Antwort darauf lautet nämlich: »Gut«, und damit ist es dann auch gut. Mehr ist aus dem Kind im Regelfall nicht rauszuquetschen. Denn es liegt viel Wichtigeres an: Welcher Skylander gegen wen kämpft etwa, oder ob die Löwenwächter der *Lego-Chima*-Burg die Krokodile endlich ins Gefängnis werfen können.

Heute allerdings fällt die Antwort überraschend aus: »Wir haben eine Hausaufgabe!«, strahlt Kiran mich an. Das ist insofern ungewöhnlich, weil die Kinder permanent Hausaufgaben bekommen, die sie aber nicht zu Hause machen, sondern im Morgenband in der Schule, eine halbstündige Phase der eigenständigen Freiarbeit, die genau dafür gedacht ist. Hausaufgaben, die explizit zu Hause gemacht werden, sind also ein Sonderfall. Und das sind sie tatsächlich, wie ich als alter pädagogischer Fuchs auf den ersten Blick erkenne. Denn Kiran hält mir einen kleinen Zettel vor die Nase, auf dem in ungelenken Erstschreiber-Buchstaben drei Ausdrücke untereinander stehen. Nämlich: »Fick dich«, »schwul« und »pevers«.

Ich schaue ihn fragend an und will im ersten Impuls gleich zu einer ordentlichen Standpauke ausholen. Das sieht mir doch ganz nach einer Strafarbeit aus. Eine Strafarbeit der Art, von der ich ja dachte, so etwas gebe es nur bei den *Simpsons* oder in launigen Heinz-Rühmann-Filmen aus den Fünfzigerjahren. Wenn die Kinder, weil sie sich nicht wohlgefällig verhalten haben, zwanzig Mal einen Satz schreiben mussten wie: »Ich habe durch mein Verhalten mich und andere gefährdet und werde mich in Zukunft an die Anweisungen des Aufsichtspersonals halten.« So was eben, was es schon zu meiner Schulzeit in den Siebziger- und Achtzigerjahren längst nicht mehr gab. Dementsprechend war ich doch leicht verwundert, als Kiran vor einigen Wochen etwas zerknirscht abends sein Heft herausholte und zwanzig Mal untereinander den Satz schrieb: »Ich habe durch mein Verhalten mich und andere gefährdet und werde mich in Zukunft an die Anweisungen des Aufsichtspersonals halten.«

Guck mal an, dachte ich. Der Wedding. Da haben sie mich jahrelang vor den Grundschulen hier gewarnt, weil es da drunter und drüber gehe, und dann so was. »Und? Hat er dir wenigstens auch mit dem Rohrstock auf die Handinnenflächen geschlagen?«, wollte ich den Jungen fragen, hielt dann aber doch lieber meinen Mund. Als er fertig mit dem Untereinanderschreiben war, sollte ich unterschreiben. *Ich* sollte *das* unterschreiben! Dabei liegt mir nichts ferner, als zu versprechen, mich zukünftig an die Anweisungen irgendeines Aufsichtspersonals zu halten. Da ich aber andererseits kaum etwas verachtenswürdiger finde, als Eltern, die sich ständig in die Arbeit der Lehrer ihrer Kinder einmischen und meinen, überall mitreden zu müssen, sagte ich doch lieber nichts und unterschrieb.

Das war bei uns nämlich auch anders: Da haben die Lehrer noch alles mit den Schülern selbst ausgemacht, und die Eltern haben sich fein rausgehalten. Einmal im Schuljahr war Elternsprechtag, wo sie sich anhören konnten, wie ihr Sprössling sich so machte, und kein Vater und keine Mutter wäre auf die aberwitzige Idee gekommen, sich in Lehrpläne, Erziehungsmethoden, Putzpläne oder Sonstiges einzumischen. Wenn ein Lehrer nach Meinung der Eltern doof oder inkompetent war, dann war er eben doof oder inkompetent. Und wenn sein Unterricht schlecht war, dann war er eben schlecht. So wie das Wetter eben auch immer mal wieder schlecht ist. Da kann man nichts machen, so ist das halt. Was für ein absurder Gedanke, sich da einmischen und über die Lehrmethoden oder -inhalte mitbestimmen zu wollen. Das war ein Ansinnen, das ausschließlich einigen wenigen, allgemein als wahnsinnig bekannten Eltern vorbehalten war. Etwa Herrn Hänsel, dem christlichen Fundamentalisten, der sich über den Sexualkundeunterricht nicht nur empörte, sondern deswegen auch bei den Lehrern vorstellig wurde. Oder Herr Hendricks, der kommunistische Unterwanderung fürchtete, sobald ein Lehrer mal DDR ohne Anführungszeichen an die Tafel schrieb. Querulanten eben, Irre – so dachte man damals. Und so denke ich auch heute noch. Querulanten und Irre, nur dass es eben nicht mehr einige wenige, namentlich bekannte Vertreter dieser Sorte sind, sondern dass sich große Teile der Elternschaft flächendeckend daraus rekrutieren. Helikopter-Eltern, das können sie meinetwegen ja gerne alle sein. Aber dann bin ich die Flak.

Man mag ja gar nichts mehr zum Prenzlauer Berg schreiben, weil man auch nicht auf ein totes Pferd aufsteigt, erst recht nicht auf eines, das schon weitgehend verwest ist, aber von dort berichtete mir ein Gewährsmann aus einer Kita, dass die Eltern sogar über einzelne Komponenten des Speiseplans der Kinder beraten und mitbestimmen. Um die Qualität des Schulessens zu steigern, erklärten sich bei einem Elternabend verschiedene Eltern bereit, selbst etwas zu organisieren. Auch der Vater des einzigen Migrantenkindes der Gruppe, ein asiatischer Gemüsehändler, wollte sich beteiligen und bot naheliegenderweise an, Obst und Gemüse aus seinem Geschäft beizusteuern. Zunächst reagierten die Miteltern begeistert, bis ein Vater die entscheidende Frage stellte: »Aber ist denn das auch bio?« War es nicht, und damit war der Asiatenvater raus.

So etwas gibt es bei uns im Wedding bislang zum Glück noch nicht. Hier wird noch gegessen, was auf den Schulkantinentisch kommt. Wenn die Kinder auch wenig begeistert sind. Ein beliebter Scherz in der Klasse von Kiran geht so: »Sag mal ein anderes Wort für Kotze!« Die richtige Antwort lautet dann: »Schulmensa-Essen«, und alle umstehenden Kinder stecken demonstrativ den Finger in den Hals. Aber so ist es eben. Und wenn sie zwanzig Mal aufschreiben müssen, dem Personal zu gehorchen, dann müssen sie das eben zwanzig Mal aufschreiben. Ich habe mir kurz erklären lassen, was denn da los gewesen ist, dachte »ja, nun«, sagte »ja, nun«, ergänzte pflichtgemäß noch: »aber mach's nicht wieder« und unterschrieb.

Aber wenn Kiran jetzt zwanzig Mal »Fick dick«, »schwul« und »pevers« aufschreiben muss, werde ich doch misstrauisch. Was ist denn da los an der Schule? Ich gucke meinen Sohn also streng an, hole tief Luft – der Kleine duckt sich ängstlich weg, in der Deutung von Körpersprache ist er schon ganz gut –, dann platzt es aus mir heraus: »Pervers! Perrrrvers! Das schreibt man mit ›r‹, verdammte Scheiße!« Der Kleine guckt mich erschrocken an, wispert: »Oh, Entschuldigung, Papa«, dann korrigiert er das Wort hastig. Na also. Damit bin ich meiner erzieherischen Pflicht also schon mal verantwortungsbewusst nachgekommen. Man darf den Kindern eben nicht alles durchgehen lassen, sonst führen sie einen später am Nasenring durch die Manege.

Nach der pädagogischen Pflicht kommt aber nun die Kür: »Ich habe dir doch oft genug gesagt, du sollst nicht alles nachplappern, was Mehmet so sagt«, ermahne ich ihn. Er dementiert empört. Er habe die Wörter gar nicht gesagt. »Und warum musst ausgerechnet du sie dann abschreiben?« »Aber das muss ich doch gar nicht alleine! Das müssen alle!« »Wie jetzt? Ihr müsst alle zwanzig Mal ›Fick dich‹ schreiben?«, zeige ich mich nun doch etwas erstaunt. »Das müssen wir doch nicht zwanzig Mal schreiben! Das mussten wir nur einmal abschreiben. Von der Tafel. Damit wir euch fragen, was das heißt. *Das* müssen wir dann aufschreiben und morgen im Unterricht erklären. Das ist die Hausaufgabe!« Ich schaue meinen Sohn verblüfft an. Gut, klar, die Lehrpläne müssen von Zeit zu Zeit modernisiert werden. Auch Schule muss mit den Anforderungen der Gegenwart Schritt halten. Aber echt – so?

»Du meinst, alle Kinder aus eurer Klasse müssen ihre Eltern fragen, was ›Fick dich‹ und ›schwul‹ heißt?«

»Ja.«

»Alle?«

»Ja.«

»Auch Aishe? Mit der Kopftuchmutter?«

»Ja. Das ist, weil einige Kinder das immer sagen. Leo nämlich. Und Vitali. Und Mohamed. Und da hat Frau Bernstein eben gefragt, ob wir überhaupt wissen, was das heißt. Und das konnten die dann nicht erklären. Und da hat Frau Bernstein gesagt, wir müssen es aufschreiben und zu Hause nachfragen.«

Ich kichere. Viel zu wenig wird ja die hervorragende Leistung, die unsere Kita-Erzieher und Grundschullehrer im Ganzen leisten, gewürdigt. Ich aber will sie preisen und von ihr künden, wann immer ich kann. Was für eine wunderbare Idee! Die Vorstellung, wie 26 Erst-, Zweit- und Drittklässler sich jetzt von ihren Eltern erklären lassen, was dieses »Fick dich« eigentlich genau heißt, dass sie da dauernd sagen, erwärmt mein Herz und macht mir dermaßen gute Laune – da werde ich noch lange von zehren.

Brillenkauf

Es ist nicht zu leugnen: Meine Augen werden immer schlechter. Als ich mir zum Beispiel beim letzten Wahlkampf die CDU-Plakate bei uns in der Straße anschaute, konnte ich darauf nur völlig sinnfreie Sätze erkennen, so sehr ich die Augen auch zusammengekniffen habe. Und als ich am Arbeitsamt in der Müllerstraße vorbeifuhr, erspähte ich – mitten im Wedding! – eine neue Falafel-Bude, die sich in meinen müden Augen als »vegan« anpries.

Der Verdacht erhärtete sich: Ich brauche eine Brille! Das kann doch alles gar nicht sein. Wenn ich auf meinem Weg zur *Reformbühne Heim & Welt* durch Mitte gehe, blicke ich in viele neue Geschäfte, die zwar sehr edel aussehen, aber so sehr ich meine Augen auch anstrenge: Darin kann ich praktisch nichts erkennen, nur hier und da ein Podest, auf dem ein einzelnes Paar Schuhe oder eine Handtasche herumsteht, der Rest des Ladens scheint leer zu sein. Und auf der *B.Z.*-Titelseite las ich neulich, obwohl es dort in wirklich riesigen Buchstaben stand: »Kreuzberg verbietet Weihnachten«. Endlich mal eine gute Nachricht, dachte ich. Aber warum bloß Kreuzberg? Und warum nur Weihnachten? Ostern könnte doch auch weg! Wobei: Der riesige Osterhase, der immer auf dem *Karstadt* Leopoldplatz steht, der muss bleiben. Schon weil der so schön groß ist, dass man ihn auch mit sehr schlechten Augen gut erkennen kann. Das wirkt beruhigend.

Und natürlich wollen wir eigentlich ja auch gar keine

Feste verbieten. Es sollen doch alle feiern, wie sie wollen. Später im Internet las ich dann auch, dass das natürlich Quatsch ist mit dem Kreuzberger Weihnachtsverbot, da hatte ich mich wohl verlesen. Aber immerhin scheinen viele andere auch so schlechte Augen zu haben wie ich. Peter Hahne etwa. Der schrieb in der *Bild am Sonntag*: »Der Bezirk Kreuz(!)-berg müsste dann seinen Namen und sein Wappen verlieren; es sei denn, diese geschichtslosen Gutmenschen glauben, es handele sich um ein Autobahnkreuz.« Ich fürchte, bei Hahne wird es mit einer Brille nicht getan sein. Der braucht ganz dringend auch einen Hirnschrittmacher.

Besonders lästig ist meine Sehschwäche allerdings auf der Bühne. Bei dem Schummerlicht, in dem wir normalerweise lesen, bleibt mir schon länger nichts anderes übrig, als die ganzen Texte vorher auswendig zu lernen. Am Ende werde ich noch so ein gottverdammter Comedy-Idiot! Zur Tarnung halte ich natürlich trotzdem immer die Zettel vor meine Nase, um nicht unangenehm aufzufallen, aber das ist auf Dauer ja auch keine Lösung.

Eine Brille muss also her. Ich weiß nicht genau, warum, aber dieser Schritt fällt mir ausgesprochen schwer. Ist es, weil dadurch der immer rapidere körperliche Verfall eine physische Manifestation erfährt, quasi eine Art Mahnmal auf meiner Nase? Ist es die Angst vor der Ununterscheidbarkeit gegenüber den mehrheitlich brilletragenden Kollegen? Ich meine, wenn ich jetzt auch noch so ein Ding habe, wer wird mich dann noch von Jakob Hein unterscheiden können?

Und schließlich und vor allem: Was für eine Brille soll es denn am Ende werden? Ich habe doch überhaupt keinen Blick für so was! »Such dir einfach eine aus, die dir gefällt«, sagt meine Freundin, aber mir gefällt keine Brille. Es ist dasselbe wie mit Hosen. Schuhen. Pullovern. Wo andere Menschen offenbar so etwas wie ein Modegeschmackszentrum haben, befindet sich bei mir nur ein vermutlich verhärteter, abgestorbener Knoten. Bei

Anziehsachen kann ich aus reiner Gewohnheit auf immerhin so etwas wie, nun ja, einen Stil zurückgreifen. Aber für Brillen fehlt mir jeder Rezeptor.

Dann überlasse ich das eben einem Fachmann, denke ich, und bewege mich zu dem seltsamen Optiker um die Ecke. Immerhin, endlich kann ich mal wieder ein neues Geschäft in meiner Umgebung nutzen. Seit zwanzig Jahren wohne ich in der Nachbarschaft von diesem Laden und habe rein gar nichts davon. Ob er der richtige Stil-Berater für mich ist? Er heißt *Luxor* und ist wie eine Pyramide gestaltet. Mit seltsamen Tut-ench-Amun-Statuen und allem. Warum bloß? Wegen der Assoziation zu Brillenschlange? Die kommt in Ägypten ja immerhin vor. Oder weil Menschen, die eine Brille brauchen, ohnehin nur noch so etwas wie wandelnde Mumien sind?

Auf jeden Fall, das kann man guten Gewissens sagen, hat der schräge Laden einen eigenen Geschmack. Ich lasse mich also beraten. Der Augen-Pharao rät mir zum Einstieg zu zwei Brillen: eine für den Nah- und eine für den Fernbereich, quasi als Anfänger-Set. Achthundert und zweihundert Euro sollen die beiden Stücke kosten. Dafür, so versichert er mir eifrig, würden sie ganz ausgezeichnet zu meinem Typ passen. Ich zweifle. Von welchem Typ spricht der? Und ich habe mich ja noch nie vorher mit Brillenpreisen beschäftigt, aber ein bisschen beschleicht mich der Verdacht, hier kräftig für seine zukünftigen Grabbeigaben mitbezahlen zu sollen.

Ich wechsle von Ägypten zu Griechenland: Bei *Poseidon-Optik* hält man eine einzige Brille für ausreichend, und die soll um die hundert Euro kosten. Schön billig also. Na guck, da habe ich doch einen Optiker gefunden, der tatsächlich einen Blick für meinen Stil hat.

Bei der Auswahl des Gestells allerdings komme ich schon wieder ins Zweifeln. Zielsicher greift der Mann drei Modelle heraus, die für mich alle gleich aussehen. Nein, ich kann das unmöglich entscheiden. Ich rufe den Kollegen Paul Bokowski an und bitte ihn, herzukommen und mir eine Brille auszusuchen. Der ist schließlich schwul, der kann so was.

»Warum ich?«, fragt der skeptisch, »nur weil ich schwul bin?« »Quatsch, natürlich nicht. Was hat das denn damit zu tun? Aber wen sollte ich denn deiner Meinung nach bitten?«, frage ich zurück, »Robert Rescue vielleicht?« »Oh Gott«, haucht Paul in den Hörer, »nein, keine Sorge, ich komme sofort.« Na also.

In Pauls Gehirn ist das Brillenzentrum gut ausgeprägt. Der Mann ist praktisch ganz Brille. Und mich kennt er gut genug, da wird er hoffentlich was Passendes aussuchen können. Fünfzehn Minuten später steht er gemeinsam mit dem Optiker vor der Brillenwand. Was jetzt folgt, ist für mich hochgradig bizarr. »Hier, die hier, die hat so etwas unaufdringlich Modernes.« »Ja, schon, aber geht sie nicht eine Spur zu sehr in Richtung sportlich?« »Da könntest du Recht haben, aber wie wäre es hiermit?«, sagt der Optiker, der Paul zunehmend leicht verliebt in die Brillengläser schaut. »Ja, die ist wirklich sehr schön, aber irgendwas stört mich daran.« »Na ja«, sagt der Optiker, »die wirkt halt schon etwas intellektuell.« »Genau«, sagt Paul, »das passt wirklich gar nicht.«

Ich schnappe nach Luft, aber sie beachten mich sowieso längst nicht mehr. Sie diskutieren immer weiter, sie ereifern sich, sie beraten über Brillen, die zu konservativ, zu sehr nach zwanzigstem Jahrhundert, zu journalistisch, zu sehr nach Kreuzberg, zu schlankmachend und zu rundlich wirken und halten dabei ein vollkommen gleich aussehendes Gerät nach dem anderen vor ihre eigenen Brillen. Es ist sehr rätselhaft.

Schließlich nimmt Paul beherzt ein Stück aus dem Regal, schaut den Optiker an und sagt: »Sag mal – die hier – würde die nicht ganz ausgezeichnet zu *dir* passen.« Der Optiker errötet, anschließend küssen sich beide. Hand in Hand gehen sie Richtung Ausgang, vorher drückt Paul mir noch eine Brille in die Hand: »Nimm die hier. Die ist maximal eigenschaftslos, die passt ganz hervorragend zu dir.« »In zehn Tagen können Sie sie abholen«, flötet der Optiker mir noch zu, dann sind die beiden verschwunden.

Achselzuckend trete ich auf die Müllerstraße und sehe auf dem Mittelstreifen ein Wahlplakat der SPD. Ich lese: »Das Wir entscheidet.« Große Güte, denke ich, was für ein Quatsch. Welch Glück, dass die Brille bald kommt.

Beim nächsten Mal nehme ich aber eine in Rosarot

So, nun ist es also soweit. Ich bekomme meine Brille.

Jahrelang habe ich mich davor gefürchtet. Man kann ja nun wirklich nicht sagen, dass ich in Bezug auf mein äußeres Erscheinungsbild übertrieben eitel sei. Aber aus irgendeinem Grund waren mir meine immerhin vier Jahrzehnte lang geradezu vorbildlich funktionstüchtigen Augen besonders lieb. Vielleicht lag es ja an der mangelnden körpereigenen Konkurrenz. So, wie die DDR-Nostalgiker auch immer ihre komischen Ampelmännchen, die Rechtsabbiegerpfeile oder ihre Nackigkeit lobpreisen. Das ganze Land marode, aber unser Ampelmännchen hatte wenigstens einen schöneren Hut.

Meine Augen jedenfalls haben immer hervorragende Dienste geleistet. Und dann ging es los. Zwei, drei Jahre hielt ich noch tapfer durch. Aber als ich unlängst Paul Bokowski mit Robert Rescue verwechselt habe, wurde mir klar, dass es so nicht weitergehen konnte.

Ich bekomme nun also meine Brille. Der Optiker setzt sie mir direkt auf. Ich soll noch mal kurz in den Spiegel blicken und erschaudere. Aber es hilft ja nichts. Ich bezahle und trete nach draußen auf die Müllerstraße. Ich erwarte einen Moment wie im Film, in dem es plötzlich ganz still wird und alle stehenbleiben und mich entsetzt angucken. Erstaunlicherweise passiert nichts dergleichen. Die Weddinger gehen weiter über die Straße, als sei nichts geschehen, als sei es ein völlig normaler Anblick, dass mein Gesicht grotesk entstellt ist. Ich dagegen – ich werde plötzlich ganz still, bleibe stehen und gucke alle entsetzt an. Was ist denn hier los? Was sind denn das für Leute plötzlich?

Wo früher ganz normale Weddinger über die Straße gingen, sehe ich jetzt eine Menschenmenge, die eher einem Elendstreck gleicht. Heruntergekommene Gestalten in absurden Aufzügen, und im Grunde kann auch gar keine Rede davon sein, dass sie über die Straße gehen, es ist eher ein einziges Trotten, Schlurfen, Kriechen und Torkeln. Ich nehme entgeistert die Brille ab – jetzt ist wieder alles normal. Ach du Scheiße, denke ich, und setze sie wieder auf. Das wird hart.

Sollte ich mich etwa all die Jahre geirrt haben? Lebe ich gar nicht in dem idyllischen, gut gelaunten, aufgeräumten Stadtviertel voll freundlicher, lebensfroher und charmanter Einwohner, das ich so liebgewonnen hatte? Vorsichtig stakse ich durch die Straßen und traue meinen Augen, nein: meiner Brille kaum. Wo sind sie hin, all die prächtigen Gründerzeitbauten, die herrschaftlichen Villen, die geschmackvollen Geschäfte? Überhaupt – die Geschäfte! So oft ich die Brille auch ab- und wieder aufsetze, das Ergebnis bleibt immer dasselbe: Das sind ja alles nur extrem scheußlich aussehende Spielcasinos! Statt der von mir vermuteten schicken Boutiquen allenthalben nur Ein-Euro-Geschäfte und An- und Verkäufe! Die gemütlichen Straßencafés, Trattorien und Bistros – alles nur schäbige Wurststände und schmuddelige Dönerbuden. Und die Döner selbst erst mal! Was ich für die unangefochtene Weddinger Delikatesse gehalten habe, entpuppt sich bei näherem Hinsehen als ein Haufen labberiger Pressfleischschnipsel, die mitnichten von sorgsam übereinander gestapelten und am Grill rotierenden, saftigen Fleischstücken, sondern von einem offenbar aus einer homogenen Kleistermasse gegossenen und einseitig angebrannten Fettkreisel abgesäbelt wurden. Oh mein Gott!

Ich merke, wie mir die Hässlichkeit der Umgebung zusetzt und ich mich immer unwohler fühle. Dabei ist es ja nicht so, dass ich gar nichts bemerkt hätte. In der Genter Straße etwa hat ein Bioladen aufgemacht, auf dessen Werbetafel meine müden Augen immerzu den Namen *Goldener Dreieck* gelesen hatten. Da konnte ja was nicht stimmen! Bei Annäherung an das Geschäft stelle ich fest, dass es natürlich kein Bioladen ist, sondern nur ein weiteres, gottverdammtes Internet-Café. Einzig: Am Namen ändert sich nichts. *Goldener Dreieck*. Das Ding heißt wirklich so. Warum bloß? Vielleicht sollte ich die Besitzer auch mal zum Optiker schicken. Ich seufze.

Verschreckt erreiche ich unser Haus. Ich mag gar nicht erst hingucken. Zu viel Realität will ich mir für den ersten Tag dann doch nicht gleich zumuten. Also die frisch geöffneten Augen schnell wieder geschlossen beziehungsweise eben die Brille abgenommen – und durch. Endlich an der Wohnung angekommen, setze ich sie wieder auf. Herrjeh, die Farbe der Haustür ist ja grauenhaft, hat das denn noch nie jemand bemerkt? Aber nun gut. Ich schließe auf und trete in den Flur. Meine Freundin kommt mir entgegen. Erschrocken sehen wir uns an. »Wie siehst du denn aus?«, fragt sie. Genau das wollte ich auch gerade sagen.

Die Zeiten ändern sich

So ganz allmählich mache ich mir ja doch etwas Sorgen, ob die Gentrifizierung nicht wirklich zu uns kommt. Es sind so kleine Zeichen. Neulich, als ich meinen Sohn zur Schule gebracht habe, haben wir jemanden gesehen, der tatsächlich die Kacke von seinem Hund aufgesammelt hat, mit so einer kleinen Plastiktüte. Der Kleine war ganz aufgeregt und hat's im Klassenzimmer gleich allen erzählt. Die anderen Kinder haben ihm nicht geglaubt. Aber so fängt es ja an. Man sieht überhaupt viel weniger Hunde als früher. Auf der Müllerstraße hat ein vegetarischer Imbiss aufgemacht. Und auf dem Altglas-Container gegenüber prangt seit Kurzem in schwarzen, großen Buchstaben die Aufforderung: »Schwaben verpisst euch! Der Wedding braucht euch nicht!«

Nun ist es so: Nach meiner Beobachtung gibt es gar keine Schwaben im Wedding. Falls es doch welche gibt, sind sie vorbildlich unauffällig und perfekt integriert. Ganz anders also als die Schwabenhasser. Schwaben sind ja kein Problem, aber Schwabenhasser, das ist womöglich doch schon ein ernstes Zeichen für eine drohende Gentrifizierung. Und schließlich: Die Schilder »provisionsfrei Wohnungen zu vermieten«, die hier früher an jedem Haus hingen, sind schon seit einiger Zeit spurlos verschwunden.

Als wir 2007 eine zweite Wohnung bei uns im Haus mieten wollten, weil wir wegen dem Kind mehr Platz brauchten, ging das noch so:

Ich rief bei der Hausverwaltung an und sagte: »Guten

Tag, ich bin Mieter in der Seestraße 606, und wir interessieren uns dafür, noch eine Wohnung hier im Haus zu mieten. Ist da zufällig noch was frei?«

Kurzes Schweigen am anderen Ende der Leitung, dann ein Räuspern: »Seestraße 606? Das ist doch das Ding im Wedding, oder?«

»Ja, genau.«

»Aha. Und Sie wollen wissen, ob da was frei ist. Wollen Sie mich verarschen?«

»Äh, nein, wieso?«

»Mann, Mann, Mann, die halbe Hütte steht leer. Müsste Ihnen doch schon mal aufgefallen sein, wennse da wohnen. Will doch keiner hin, in den Wedding. Was wollnse denn? Vorderhaus, Seitenflügel, welcher Stock, welche Größe? Freie Auswahl, wa! Müssense einfach nur sagen, wose hinwollen.«

»Äh, also wir wohnen ja im Erdgeschoss, Hinterhaus.«

Kurzes Schweigen. »Ach, *Sie* sind das. Der Typ aus dem Hinterhaus-Parterre. Das ist ja schön, dass ich Sie mal persönlich kennenlerne. Ich habe schon viel von Ihnen gehört.«

»Wie bitte?«

»Ja, wissense, das ist hier praktisch so'n geflügeltes Wort, wa! Wenn einer von die Kollegen rumheult, weil er irgendwo am Arsch der Welt wieder irgend so ein runtergekommenes Loch vermieten soll, dann sagt der Chef immer: Stellnse sich nich so an, im Wedding, da ham wa sogar das Hinterhaus-Parterre vermietet. Oder wenn sich bei einer Wohnungsbesichtigung mal wieder jemand beschwert, weil es angeblich so dunkel is, dann sagen wir immer ...«

»Ja, ja, ist schon gut. Ich hab's verstanden.«

»Also, is jetzt nichts gegen Sie persönlich, wa! Jeder nach seine Fassong, sach ich immer. Is halt nur, also, man wundert sich eben. Der Chef hat ja gemeint, dass Sie bestimmt immer Nachtschicht haben.«

»Nein.«

»Nee, ne? Hab ich ihm auch gesagt. Chef, hab ich gesagt, wenn der arbeiten würde, dann würd der da doch gar nicht wohnen, hab ich gesagt. Na ja, aber jetzt wollense doch mal weiter nach oben ziehen, auch mal 'n bisschen Tageslicht sehen, wa?«

»Ähm. Nein. Eigentlich nicht. Uns gefällt es hier ja, deswegen wollen wir hier wohnen bleiben. Wir bräuchten halt nur mehr Platz. Wir wollen also eine zusätzliche Wohnung im Haus.«

Wieder Schweigen auf der anderen Seite.

»Hallo?«

»Ja, ähm, nee, alles gut. Mann, Mann, Mann, da hab ich aber was zu erzählen beim Mittag heute, das glaubt mir doch keiner. Aber kein Ding, könnse haben. Dann nehmse doch direkt die Wohnung da drüber, die ist auch sehr schön dunkel.«

»Prima«, freute ich mich aufrichtig, »dann ist das ja fast wie eine Maisonette-Wohnung. Nur halt mit Treppe außen.«

»Macht ja nüscht«, meinte der freundliche Herr von der Hausverwaltung, »wohnt ja sonst eh keiner, ist ja praktisch wie privat, wa. Also gut, wann wollnse sich die Bude denn angucken?«

Ich sollte dann einfach einen Termin vorschlagen. Ich habe gesagt, gerne so bald wie möglich, er hat gesagt, gut, dann kommt er schnell rübergefahren, ehe ich mir das noch anders überlegen würde, und eine Stunde später hatten wir den Mietvertrag unterzeichnet. Er hat dann noch schnell ein Foto von mir gemacht, »nur für die Kollegen, wa, verstehnse?« Ich hatte verstanden.

So also war das früher. Ich weiß nicht, wann genau die Situation umgeschlagen ist, es muss aber sehr plötzlich gegangen sein. Bewusst wurde es mir, als ich eines Morgens vorne an den Briefkästen stand, um die Post reinzuholen. Plötzlich ging die Haustür auf, und gleich darauf strömte eine schier endlose Karawane von Menschen ins Haus. Mit offenem Mund schaute ich zu, wie sie alle zielstrebig an mir vorbeiströmten, mich dabei der Reihe nach freundlich grüßten – aha, die sind also nicht von hier – und dann bei uns im Hinterhaus verschwanden. Sie wirkten so aufgebrezelt, als kämen sie gerade frisch von der *Fashion Week*. Hinter der Prozession schritt dann der Mann von der Hausverwaltung herein, den kannte ich ja nun schon.

»Ach, der Herr Werning«, grüßte er mich freundlich.

»Was ist denn hier los?«, fragte ich ihn.

»Na, heute ist doch Wohnungsbesichtigung. Im Vierten wird zum Ersten was frei. Da können sich heute die Nachmieter bewerben.«

»Bewerben?«

»Na, was denken Sie denn! Wir nehmen hier ja nun nicht jeden!« Dann musterte er mich kurz, um rasch anzufügen: »Also jedenfalls: jetzt nicht mehr.« Und als er meinen verstörten Gesichtsausdruck sah, ergänzte er mit gönnerhafter Stimme: »Aber ist schon OK, Sie wohnen ja schon so lange hier, Sie gehören ja quasi zur Bausubstanz. Die Leute mögen ja auch so 'n bisschen Lokalkolorit.« Dann eilte er dem Möchtegernmieter-Treck flugs hinterher.

Ich war beunruhigt.

Im Bohemian Artist Quarter

Ich schlendere an einem tristen Sonntagnachmittag ein wenig um den Block. Mal sehen, welche Geschäfte in der Umgebung seit meinem letzten Spaziergang wieder schlapp gemacht haben. Und in welche leerstehenden Ladenlokale seither wieder ein Casino eingezogen ist. Man will ja auf dem Laufenden bleiben.

Gibt es eigentlich irgendeine vernünftige Erklärung für all diese Casinos? Wird der Wedding das nächste Las Vegas? Statt mit einarmigen Banditen in den Läden mit zweiarmigen draußen auf der Straße? Ist das denn ein Erfolgsrezept, in einer einzigen Nebenstraße drei 24-Stunden-Spielbuden im Abstand von nicht einmal hundert Metern zu eröffnen? Oder habe ich irgendwas Entscheidendes nicht mitbekommen? Neue EU-Subventionsregelungen? Wahlgeschenke von Wowereit wegen strukturschwacher Region?

Egal. Erstaunt stoße ich auf einen Aushang in einem Fenster in einer der leerstehenden Erdgeschosswohnungen. Die Immobilienfirma *New Berlin Properties*, ansässig im Prenzlauer Berg, bietet Wohnungen feil. Und zwar, genau genommen: »Fantastic turn of the century apartments in the Wedding bohemian artist quarter of Berlin-Mitte.« Ich reibe mir die Augen und gucke noch mal hin. Verwirrt betrachte ich das Foto auf dem Zettel und dann das Haus mit dem Zettel – keine Frage, das Foto zeigt das Haus, an dem es klebt. Ein typisches Weddinger Durchschnittshaus, mit einigermaßen frisch gestrichener Fassade. Ein Haus wie das, in dem ich lebe. Mit anderen Worten: Ich lebe in einem »fantastic turn of the century apartment.« Und zwar mitten im »Wedding bohemian artist quarter of Berlin-Mitte.« Guck mal an. Das habe ich in den zwanzig Jahren hier noch gar nicht bemerkt.

Ich lese weiter: »Purchase a vacant apartment in a wonderful turn of the century building in the bohemian artist quarter in the Wedding area of Mitte. Step back in time and enjoy all the art and cultural activities that Berlin has to offer in this incredible jugendstil apartment. This gem can either be used as your new Berlin home or Pied a terre or it can be rented out as a holiday lot.«

Mit offenem Mund stehe ich vor dem Aushang und starre auf die Juwelen vor mir. Die ruhig mal einer ein bisschen polieren könnte, damit auch ich sie erkenne. Denn ich sehe weiter nur tristen Weddinger Backstein und eine eher schedderige Einraumwohnung. Gut, ein Schritt zurück in der Zeit, geradezu aus der Zeit gefallen, anders gesagt: die besten Zeiten lange hinter sich, das hat die ganze Gegend hier sicherlich. Aber das hier? »Fantastic vacant apartments in this very upcoming area. If you like period living in apartments oozing with character, look no further.«

»Oozing with character« – na ja, so kann man's sicher auch nennen, wenn einer der umwohnenden Säufer lautstark von seiner Fotze ein Bier verlangt oder die Arabboys auf dem Gehsteig einen fragen, wonach man den schaue: »Ey, was guckstu?«

Vielleicht ist es ja die Innenausstattung? »You are spoilt for choice with so many original features which include: beautiful polished floorboards, doors« – Hey! Eine Wohnung mit Türen! – »plasterwork, and windows with original hardware.« Gut, also: Es zieht in der Hütte, denn es hat beim Sanieren nicht mal für Isoverglasung gereicht. Da ist man natürlich tatsächlich »spoilt for choice«.

»In this wonderful artistic quarter, very close to a large

number of international artists' ateliers, this jugendstil building is wonderfully restored to its original glory. The majority of the apartments within the building are owner occupied by a very international set!«

Ich glaube ja, die eigentlichen Initiatoren hinter dieser rätselhaften Bezirksreform vor einigen Jahren waren die Makler der Stadt. Kurz darauf gab es unter der Rubrik »Mitte« plötzlich wieder verfügbare Wohnungen. Im Wedding halt. Auch das Pseudonym »Mitte-Nord« wird gern genommen, wenn eigentlich vom Problembezirk die Rede ist.

Die 24-Stunden-Shops, arabischen Bäckereien, Internet-Cafés, Queen-Nail-Studios, Ein-Euro-Läden und Wettbüros der Gegend dürften jedenfalls nicht schlecht staunen, sich nun plötzlich zum »bohemian artist quarter« befördert zu sehen. Vielleicht ist der Aushang deshalb vollständig auf Englisch gehalten, damit die bohemian crowd der Umgebung vor lauter Lachen den schönen Schein nicht stört. Denn auf die Idee, diese lausige Erdgeschosswohnung als »turn of the century gem« anzubieten, darauf käme nicht einmal der An- und Verkauf-Ali um die Ecke, und der ist schon wirklich kreativ in der Umfirmierung des Ramsches, den er anzupreisen hat.

Bleibt das »very upcoming area« – das besorgt mich nämlich doch ein bisschen. Sie haben schon ganz andere Gegenden geknackt. Wer weiß, was passiert, wenn sie sich den Wedding jetzt wirklich auserkoren haben? Wenn man nur lange genug vom »bohemian artist quarter« faselt, wird es am Ende noch eines. Ich grusele mich ein wenig.

Aber ich setze meine Hoffnungen darauf, dass hier ja schon jetzt alles »occupied by a very international set« ist. Ich wünsche mir, dass die sich im Zweifel schon angemessen zu wehren wissen. Für den Anfang vielleicht mit einem Pflasterstein in das Fenster dieses Immobilien-Drecksladens? Mit den besten Empfehlungen von Mr. Özgül and the Al-Derabadi family. Und von mir.

Wedding im Wedding

Zu den Zeichen für Veränderungen bei uns im Kiez kommt nun noch eins: Meine Freundin und ich wollen heiraten. Nach über 15 gemeinsamen Jahren scheint uns das ein vertretbares Risiko, außerdem wollen wir einfach ein großes Fest feiern.

Für so eine Heirat allerdings braucht man eine aktuelle Meldebestätigung des Einwohnermeldeamtes. Mit Grauen erinnerte ich mich an meinen letzten Besuch dort. Denn das Einwohnermeldeamt befindet sich im Bürgeramt Wedding.

»Ach, das ist doch gar kein Problem«, hat meine Freundin gesagt. Die war aber auch schon lange nicht mehr dort gewesen. »Man kann sich da jetzt Termine übers Internet geben lassen.« Ich kicherte: »Das habe ich beim letzten Mal auch gedacht, aber da gab's nur Fehlermeldungen, und die Frau am Schalter, die ich danach gefragt habe, hat sich gar nicht wieder eingekriegt vor Lachen.« Meine Freundin zuckte mit den Schultern, setzte sich an den Rechner, und schwupps – hatte sie einen Termin. Ich erschrak. Ist es doch schon so schlimm mit der Wohnumfeldverbesserung?

»Das klappt doch nie im Leben«, sagte ich und war mir nicht mal sicher, welcher mögliche Ausgang der Geschichte mir eigentlich lieber wäre.

Wir beschlossen, gemeinsam zum Amt zu gehen. Zu zweit hat man bessere Chancen, den Kassenautomaten vor Schalterschluss zu erreichen – falls einer unterwegs liegenbleibt, kann der andere es vielleicht noch schaffen.

Als wir das Rathaus betraten, sah alles aus wie immer. Pressefotografen, die nach einem Symbolfoto für die viel zitierte »humanitäre Katastrophe« suchen, könnten hier problemlos fündig werden. Ich verdrehte die Augen. Meine Freundin aber ging ganz unbeeindruckt an den wimmernden und schluchzenden Menschen vorbei zum Empfangsschalter und rief dem Mann dahinter zu: »Wir haben einen Termin über das Internet vereinbart, müssen wir uns da trotzdem erst noch bei Ihnen anmelden?« Ich ging schon mal in Deckung in Erwartung der nun unweigerlich folgenden Schimpftirade ob der Frechheit, ihn erstens einfach so zwischendrin anzusprechen, ohne sich in die Reihe gestellt zu haben, und zweitens eine Auskunft in einer dermaßen absurden Angelegenheit zu verlangen. Er hätte ja nicht einmal Unrecht.

»Nein, nein«, rief der Mann freundlich, »achten Sie einfach auf den Bildschirm, da müsste Ihre Nummer gleich aufgerufen werden.« Und dann dachte ich endgültig, mich trifft der Schlag: »Entschuldigen Sie bitte, wir haben derzeit zehn Minuten Verspätung. Nehmen Sie doch bitte so lange noch Platz, ja?« »Entschuldigen Sie bitte«? Ich traute meinen Ohren nicht. Hatte der wirklich »Entschuldigen Sie« gesagt? Und »bitte«? Wer ist dieser Mann und was hat er mit dem Schalterbeamten gemacht? Ich war alarmiert. »Das ist eine Falle«, flüsterte ich meiner Freundin zu, aber sie machte nur eine wegwerfende Handbewegung.

Acht Minuten später leuchtete unsere Nummer auf. Ungläubig und unter Schock wankte ich meiner Freundin hinterher in die Schalterhalle. Nummer fünf, das kam mir irgendwie bekannt vor – und tatsächlich, da saß sie: *meine* Schalterbeamtin. Dieselbe wie beim letzten Mal. Ein Relikt. Ein Dinosaurier des unfreundlichen, kodderigen, schimpfenden, zischenden, quakenden, sprich: des guten, alten und wahren Berlin. Fast hätte ich sie vor Freude umarmt. »Wat wollnse denn?«, keifte sie uns zur Begrüßung entgegen, und mir fiel ein Stein vom Herzen. Wenigstens hier war alles noch normal. »Wir wollen heiraten«, antwortete meine Freundin und wedelte ihr mit der Terminbestätigung vor der Nase herum. »Wie denn, Wedding im Wedding? Na, müssense ja selber wissen, sind ja alt genug.« Sie nahm den Zettel mit der Nummer, dann guckte sie zu mir rüber. »Wat ’n, den da?« Meine Freundin nickte, die Schalterfrau musterte mich skeptisch, dann schnaufte sie:

»Na, ist ja Ihre Sache.«

Ach, welche Freude! Nichts anderes hätte ich hier hören mögen. Beglückt setzte ich mich. »Wir hätten deshalb gerne unsere Meldebestätigungen«, flötete ich.

»Wie – *unsere*?«, fauchte die Frau zurück.

»Na, unsere Meldebestätigungen. Man braucht die Dinger doch fürs Standesamt.«

»Ja, schon. Ihre Zukünftige kann auch gerne eine kriegen. Die hat nämlich einen Termin.« Sie deutete auf den Zettel, »aber Sie nicht, junger Mann.« Sie funkelte mich an.

»Wie jetzt?«, fragte ich, obwohl ich mich über das alte Berliner Pejorativum »junger Mann« natürlich sehr gefreut habe.

»Hörnse mal, in diesem Netz da, wose sich den Termin geholt haben, da steht das extra dabei: Immer nur eine Person pro Termin. Und wie viele sindse, na? Zwei. Is nich! Besorgense sich ma schön selbst ’n Termin. Müssense ’ne Wartemarke ziehen vorne. Vielleicht schaffenses ja noch bis Schalterschluss, da hamse ja noch drei Stunden.«

Ich sah sie flehend an: »Och, kommen Sie. Wir brauchen doch beide dasselbe. Wir wohnen doch auch zusammen.«

»Na und?«

»Wir heiraten doch auch zusammen.«

»Na und? Hörnse schlecht? Immer nur eine Type pro Termin, scheißegal, obse heiraten oder sich wieder loswerden wollen, dis Prozedere is immer det gleiche!«

»Beim nächsten Mal lassen wir uns zwei Termine geben, versprochen.«

»Beim nächsten Mal? Junger Mann, Sie wollen heiraten! Wennse da gleich ans nächste Mal denken, lassenses doch lieber gleich bleiben. Sparense Ihnen und mir 'ne Menge Arbeit, glaubenses mir!«

Ich kapitulierte. Sie genoss ihren Triumph. Ich wollte gerade aufstehen und mich in mein Schicksal fügen, da grinste sie listig: »Na gut, ausnahmsweise. Weilse heiraten, wa! Da sindse ja schon genug gestraft.« Dann drückte sie eine Taste auf ihrer Tastatur, und, ruckzuck, spuckte der Rechner die zwei Wische aus. Zeitaufwand: keine 30 Sekunden. »So, und jetzt krieg ich zweimal 10 Euro. Wie zahlnse denn?« Ich seufzte. Also, auf zum Kassenautomaten. »Mit EC-Karte«, sagte meine Freundin, und ich zuckte zusammen. Oh nein, hoffentlich hat sie jetzt nicht alles kaputt gemacht. Noch hatten wir die Bescheinigungen nicht in der Hand. Und jetzt ein solcher Affront.

»Fein, gebense her«, sagte die Frau. Ich konnte es nicht glauben. Sie nahm die Karte, zog sie durch so ein Ding, und fertig war's.

»Seit wann funktioniert das denn?«, fragte ich fassungslos.

»Na hörnse mal, was glaubense denn, wo wir hier sind? Wir leben hier doch nicht hinterm Mond. Das Ding haben wir doch schon seit Jahren.« Sie grinste mich an.

Ich holte tief Luft. Aber im Grunde war ich bester Laune. Solange diese Frau im Bürgeramt Wedding ausharrt, ist der Bezirk noch nicht an die Gentrifizierung verloren. Und der vegetarische Imbiss auf der Müllerstraße, der bietet jetzt im Sonderangebot Currywurst an.

Vielleicht bleibt uns ja noch eine kleine Frist.

Lichterglanz und warme Worte

Es wird weihnachtlich im Wedding.

Im Vergleich zu früher allerdings sind die Zeichen nicht mehr so offensichtlich: Als ich im Oktober 1991 hier hergezogen bin, war die bald darauf einsetzende Weihnachtszeit ein erster echter Kulturschock. Ich komme aus Westfalen, einem Landstrich, in dem dezentes Auftreten großgeschrieben wird. Man hat zwar Geld, zeigt es aber nicht so gerne herum.

Eine unaufdringliche Haltung, die sich auch im Weihnachtsschmuck widerspiegelte. Öffentliche Tannenbäume wurden mit schlichten Leuchtkerzen geschmückt, dazu vielleicht noch Bänder oder Ketten in einer einzigen Farbe, beziehungsweise eben bevorzugt in gar keiner Farbe, sondern in Weiß. Wenn's ganz wild wurde, auch mal ein gedecktes Rot. Das war's. Privater Häuserschmuck erschöpfte sich in heimelig scheinenden, unauffälligen, kleinen Lichterketten oder Leuchtpyramiden. Selbstredend in einfachem Glühbirnenweiß, konstant brennend.

Und dann der Wedding: In praktisch jedem Fenster hingen in allen Farben des nackten Entsetzens grellbunte, die Augen betäubende Leuchtkonstruktionen, Lichterketten, ganze Weihnachtsmänner samt Rentiergespanne, teils mannsgroß, die zudem infernalisch-hektisch blinkten, als seien sie direkt aus der Epileptiker-Hölle gekommen, um uns zu holen. Die Reeperbahn war ein Dreck dagegen. Hier hatte man kein Geld, zeigte es dafür aber umso lieber.

Hatte ich um die Weihnachtszeit Besuch aus der alten Heimat, händigte ich ihm als Erstes Sonnenbrillen aus, damit er sich optisch akklimatisieren konnte. Immerhin war es dafür besonders leicht, den Gästen die ehemalige Teilung der Stadt visuell nahezubringen. Eine Fahrt mit der neu eröffneten Straßenbahnlinie über See- und Osloer Straße, und exakt mit Überquerung der Bösebrücke an der Bornholmer Straße war das Blinken verschwunden – im Prenzlauer Berg gab es damals praktisch keine in Fenstern aufgehängte Weihnachtsbeleuchtung, es war, als führe man nach einem Trip über den Strip von Las Vegas direkt raus in die dunkle Wüste.

Heute sind es nur noch letzte Widerstandsnester, die trotzig gegen die Entweihnachtung des öffentlichen Raumes anblinken. Die früher mal über den gesamten Verlauf der Müllerstraße angebrachten leuchtenden Weihnachtssterne sind schon seit ein paar Jahren verschwunden, nur der überdimensionale aufblasbare Weihnachtsmann auf dem Dach von *Karstadt* hält die Stellung. Alle paar Häuser sieht man noch eine Wohnung, aus der es in allen Spektralfarben zornig auf die Straße flackert, und ansonsten sind es vor allem die türkischen Restaurants, die ihre Schaufenster mit Sprühwatte winterlich schmücken und kleine Weihnachtsbäume mit goldenen Kugeln neben den Dönerspieß stellen. Wer auch immer die bekloppte Idee hatte, dass muslimische Mitbürger sich durch die hiesigen Weihnachtsbräuche ausgegrenzt fühlen, dem empfehle ich mal einen vorweihnachtlichen Spaziergang durch den Wedding.

In der Grundschulklasse meines Sohnes sind die einzigen Kinder, die bei den gemeinsamen (und absurd benannten) »Stillen Stunden« in der Adventszeit einigermaßen textsicher mehr als die erste Strophe heimischen Weihnachtsliedgutes vorsingen können, garantiert migrantischer Herkunft. Die Kinder von Berlinern oder von Zuzüglern aus anderen Teilen Deutschlands versuchen ungelenk mitzustottern, während ihre Eltern sich unbehaglich dabei winden und natürlich keines der Lieder richtig können. Die Mutter von Mohamed, neben der ich bei der Abschlussveranstaltung vor den Weihnachtsferien saß, warf mir jedenfalls einen mitleidigen Blick unter ihrem Kopftuch hervor und schob wortlos den Liederzettel zu mir rüber, von dem ich kein Exemplar mehr abbekommen hatte. Sie selbst sang alle sechs Strophen von »Am Weihnachtsbaume die Lichter brennen« frei aus dem Kopf heraus inbrünstig mit, während ich einige Probleme hatte, Text und Noten zu einer vertretbaren Einheit zusammenzuführen.

»Und, wie verbringen Sie Weihnachten?«, fragte die türkischstämmige Friseurin, die mir meinen antizyklischen Kurzhaarschnitt kurz vor dem Fest besorgte, allerdings nicht etwa mich, sondern die ältere Weddinger Ureinwohnerin im Stuhl neben mir – dass ich für derartigen Smalltalk nur bedingt geeignet bin, hatte sie instinktiv erkannt und versuchte es dankenswerterweise erst gar nicht. Es ist ein gutes Gefühl, mit Profis zusammenzuarbeiten. Die Alte dagegen sprang voll auf den Gesprächszug und erwiderte fröhlich: »Ach, weißte, Mädchen, ich hab genug Schnaps im Haus, ich komm da schon durch.« »Wie? Nicht so mit Familie und Weihnachtsbaum und so? Ist doch schön!«, verteidigte die Friseurin das Brauchtum, stieß damit aber auf Ungnade bei der Berlinerin: »Nee, ich bin froh, wenn ich die Mischpoke nicht sehen muss, ich sach denen immer, wir feiern schön gemütlich, wir zwei, so ganz für uns.« »Mit Ihrem Mann?« »Ja, das glauben die wirklich. Lustig, wa? Und freun sich, weil se glauben, wir kämen uns wieda näha oder so wat. Als ob ich den Ollen je wieder in die Hütte lassen würde! Ich bin ja heilfroh, dass ich ’n endlich los bin.« »Ach, also das wäre ja nichts für mich, bei uns kommt da die ganze Familie zusammen und ...«, will die Friseurin ausführen, aber die Ur-Weddingerin weiß schon Bescheid: »Ja, so is das eben mit die Türken, ihr macht ja immer voll auf Familie und so, ist ja halt doch ’ne andere

Kultur, wa? Ick bin froh, dass ich meen Schnappes hab, und dann kiek ick schön in Ruhe inne Glotze, und wenn da nur dit janze Weihnachtszeuch kommt, hab ick ja zum Glück noch de DVD-Sammlung vom Ollen, hat der ja nie jeregelt gekriegt, die mal abzuholen. So schön mit *Die Hard* und Bruce Willis und allet.« »Ja, klingt auch gut«, zeigt sich die Friseurin kompromissbereit.

Später kaufe ich noch ein paar Weihnachtsgeschenke bei *Karstadt* und beobachte einen alten Mann, der offenkundig verrückt ist. Denke ich. Wobei mich zu dieser Annahme ausschließlich bringt, dass er da allein auf der Sitzgruppe herumsitzt, bester Laune ist, lächelt und anderen Kunden, die sich in seiner Nähe niederlassen, ausgesucht freundlich zuraunt: »Ich wünsche den jungen Damen ein gesegnetes Weihnachtsfest!« Erschrocken stehen die angesprochenen jungen Damen sofort wieder auf und machen sich eilig davon. Der Mann kichert, schaut glücklich in den Laden und wartet auf sein nächstes Opfer.

An der Kasse später höre ich das Gespräch der Angestellten, während ich abgefertigt werde: »Haste gesehen, der Irre ist wieder da?« »Ja, mindestens schon zum zehnten Mal heute. Aber kannste nichts machen.« »Aber der verscheucht doch die Kunden.« »Aber er macht ja nichts, der wünscht nur frohe Weihnachten.« »Aber das verscheucht doch die Kunden.« »Kannste nichts machen.« »Nee, kannste nichts machen.« Dann wendet sie sich wieder mir zu: »27 Euro 90, bitte.«

Beim Rausgehen mache ich noch einen Schlenker und gehe an der Sitzgruppe vorbei: »Ich wünsche Ihnen ein gesegnetes, gnadenreiches Fest, mein Herr«, strahlt der Alte mich mit einer angedeuteten Verbeugung von seinem Sessel aus an. »Herzlichen Dank, Ihnen ebenso, und alles Gute für das kommende Jahr!«, erwidere ich ebenso freundlich und lächele ihm zu. Der Alte kichert und gluckst.

Auf dem Rückweg nach Hause bietet sich mir ein

spektakuläres Naturschauspiel: Die Sonne versinkt hinter den Wolken genau über der Fluchtachse der hier streng von Ost nach West verlaufenden Seestraße und geht über dem Westhafen unter, wobei sie den Himmel in ein intensiv leuchtend orangerotes Licht tüncht, vor dem sich dunkelgraue Wolken scharf absetzen, zwischen denen wiederum Sonnenlicht in flirrenden, vertikal gestreiften Säulen auf den Boden fällt. Ein fast unwirkliches Szenario. Vor diesem Hintergrund steht auf dem Mittelstreifen der Seestraße Hacki, der Betreiber der Rockerkneipe, mit seinem Kampfhund an der Leine, der gerade mal Groß muss und mit gespreizten Beinen in dieser gebückten Hündchenhaltung dahockt, während sein Besitzer ruhig daneben steht und an seiner Zigarette zieht. Vor der orange leuchtenden Kulisse sieht man sie als kräftig kontrastierende, dunkle Silhouetten, die von aus dem feuchten Boden dringenden Nebelschwaden umwabert werden. Dann bricht plötzlich eines dieser Sonnenlichtbündel direkt hinter den beiden zwischen den Wolken hervor. Herr und Hund vor Abendrot, rauchend und kackend. Ein Gemälde wie von Vermeer. Oder von Wolfgang Herrndorf. Ergriffen schaue ich zu ihnen herüber.

Als ich bei unserem Haus ankomme, ist es bereits fast dunkel. Ich trete in den Innenhof, schaue auf die Fensterfronten der umgebenden Häuser, nur aus dem Fenster von Akshat, unserem ehemaligen pakistanischen Hausmeister, blinkt erratisch ein Engel in Rot, Grün und Blau.

Nur noch drei Tage bis Weihnachten.

Unversöhnlich

Ein kalter Januarmorgen. In unserem Innenhof steht ein großer Pappkarton in der Größe einer Bananenkiste im Schnee. Er ist aufgerissen und gibt den Blick frei auf seinen Inhalt: Hunderte kleine, weiß-blaue Schachteln befinden sich darin. Sie sehen aus wie Tablettenschachteln. Sie sind Tablettenschachteln: Einige sind geöffnet, kleine transparente Tütchen mit blau schimmernden Pillen rutschen heraus. Ist da eine Drogenlieferung für eines unserer Internet-Cafés oder Casinos falsch zugestellt worden? Ich nehme eine der Schachteln in die Hand und studiere die Aufschrift: »Versöhnungsdrops«, steht darauf, »mit Friedensangebot«. Daneben prangt eine Friedenstaube. Auf der Rückseite das gleiche in Englisch: »kiss-and-make-up drops with peace offering«.

Ich bin ratlos. Was will mir dieser frühmorgendliche Fund sagen? Was ist die Geschichte dahinter? Wer wollte mehrere tausend Versöhnungsdrops wozu einsetzen? Was zum Teufel sollen Versöhnungsdrops überhaupt sein? Und warum liegen sie nun in unserem Innenhof?

Die erste Frage, das weiß man schließlich aus jedem *Tatort*, lautet: Wer hätte denn ein Motiv? Ich überlege.

Die neue Shisha-Bar ein paar Häuser weiter vielleicht. Von der munkeln die Nachbarn, sie gehörte in Wirklichkeit den Hell's Angels oder den Bandidos oder so was. Jedenfalls geht dort ein anderes Kaliber ein und aus als in Hackis gemütlicher Rockerpinte nebenan. Schon am Abend vor der Neueröffnung, quasi zum Einstand, war sie Ziel einer Großrazzia. Neun Wannen der Polizei hatte ich gezählt, die vor dem Laden aufgefahren waren. Was auch immer der Grund für das Großaufgebot war, man scheint eine Einigung gefunden zu haben. Denn seither sah man nie wieder auch nur einen einzigen Polizisten, weder in der Bar noch in der ganzen Gegend, und das, obwohl nun allabendlich topmoderne, dicke BMW und Mercedes-Geländewagen mitten auf dem Bürgersteig vor dem Laden parken. Das ist einerseits ein wenig ärgerlich, wenn man regelmäßig auf dem Weg zum U-Bahnhof daran vorbei und sich zwischen den Luxuskarossen durchschlängeln muss. Andererseits besteht der Vorteil darin, dass zum Deal offenkundig gehört, dass Polizei und Ordnungsamt das gesamte Areal jetzt großräumig meiden. So können auch wir anderen Bewohner des Blocks bedenkenlos überall im Halteverbot parken, seit Monaten gibt es schon keine Knöllchen mehr. Die Rocker wissen eben, dass sie der Nachbarschaft auch ein bisschen was bieten müssen, wenn sie hier in Ruhe ihren Angelegenheiten nachgehen wollen. Insgesamt also hat die Parkplatzsituation sich spürbar entspannt. Ein wenig kichern musste ich unlängst allerdings, als das benachbarte Kino *Alhambra* eine ganze Häuserwand neben dem dubiosen Laden für seine neueste Werbekampagne anmietete. Über sechs Stockwerke ausgebreitet prangt dort nun, direkt neben dem blinkenden Leuchtschild am Eingang unserer Parkplatzpaten, ein Mega-Plakat mit *Robocop*, dazu die Aufschrift: »Das Verbrechen hat einen neuen Feind«. Die Rocker haben sich aber offensichtlich nicht angesprochen gefühlt. Als Anwohner kann man dem Laden eigentlich auch nicht viel vorwerfen. Gut, dass die Geschäfte der zugehörigen sorgfältig belederten und bebarteten Herren im Wesentlichen vermutlich auf Mord, Totschlag, Prostitution, Drogen und Waffenhandel beruhen, ist natürlich nicht so schön. Andererseits: Direkt daneben residiert schon länger eine Bankfiliale, und an der hat sich ja auch nie jemand gestört.

Nur zu Silvester, da hätten die Rocker es sich fast mit den Nachbarn verscherzt. Sie hatten zur großen Feier in ihren Schuppen geladen und nach alter Weddinger Sitte das neue Jahr mit allem begrüßt, was die Waffenarsenale und Sprengmittellager so hergaben. Von Böllern will ich hier gar nicht verniedlichend reden, ich vermute, das Zeug, was die da zur Explosion brachten, kam direkt aus den Altbeständen der Sowjet-Armee. Oder von den UNO-Waffeninspekteuren in Syrien. Natürlich war ich zum Jahreswechsel nicht draußen auf der Seestraße – so risikofreudig bin ich schon lange nicht mehr. Wir hatten uns mit Nachbarn aus dem Haus auf ihrer Dachterrasse getroffen, blickten von dort nach unten auf das Kampfgeschehen und kamen uns dabei so vor wie die Fernsehreporter, die bei Kriegen oder Revolutionen immer aus irgendwelchen Hotelzimmern berichten. Ein paarmal gingen wir zwar auch dort oben in Deckung, weil wir fürchteten, von Granatsplittern getroffen zu werden, aber ansonsten war es ein entspannter Silvester-Umtrunk.

Der Kater aber kam am Neujahrsmorgen. Als ich benommen mittags aufwachte und selbstverständlich zuerst an den Computer robbte, um nachzuschauen, ob die Welt im Wesentlichen noch steht, machte ich eine furchtbare Entdeckung: Womöglich stand sie nicht mehr. Ich konnte es nicht in Erfahrung bringen. Das Internet ging nicht. Ich geriet in Panik. Ich lief auf die Straße, um nachzugucken. Man kann nun nicht gerade sagen, dass das Bild, das sich mir dort bot, bezüglich der Weltuntergangsängste besonders beruhigend gewesen wäre. Eher sah es aus wie in einem dieser Endzeitdramen aus den Achtzigerjahren, die Szenen nach dem Atombombenabwurf. Eine dicke Schicht aus verkohlten Papierfetzen und Kartonstücken, abgebrannten Sprengkörpern, Glasscherben, metallenen Patronenhülsen, Zerbrochenem und Erbrochenem lag flächendeckend und knöcheltief auf dem Gehweg – und an dessen Rand stand eine rauchende Ruine, die Reste eines dieser grauen Telefonkästen. Offenbar hatten die Irren heute Nacht auf dem Ding eine ihrer Sprengkörperbatterien gezündet, und die Wucht der Explosion hatte ein großes Loch in das Plastikgehäuse gerissen. Durch das zwei Fäuste große, von geschmorten, schwarzen Fetzen umstandene Loch konnte ungehindert der Nieselregen des Neujahrsmorgens eindringen. Der Befund war klar: Die Shisha-Rocker hatten unser Internet in die Luft gesprengt. Und das Telefon gleich dazu. Schnell verständigte ich via Handy den Störungsdienst. Aber eines war klar: Heute würde es wohl kein Internet mehr geben.

Später am Nachmittag klingelte es bei mir: Robert Rescue stand zitternd an meiner Tür. »Was ist mit dem Internet?«, fragte er mich, in kurzen Stößen aufgeregt atmend, »geht dein Internet noch?« Ich verneinte und berichtete ihm von den Kriegsschäden draußen auf der Seestraße. Er erbleichte. »Oh Gott, was soll ich denn jetzt machen?« »Ein Buch lesen?«, schlug ich vor. Er sah mich entgeistert an. Dann schüttelte er den Kopf, atmete tief durch und sprach sich selbst Trost und Mut zu: »Ich hab mir Gott sei Dank gestern noch alle Folgen von *Timm Thaler* runtergeladen«, murmelte er, »dann gucke ich eben die.« »*Timm Thaler*?«, fragte ich erstaunt. »Ja, die mit Thommy Orner. Kennste nicht mehr? Der erste große ZDF-Weihnachtsmehrteiler. Hab ich als Kind gesehen damals. Und da habe ich sie mir in einem Anfall von Sentimentalität halt runtergeladen.« »*Du* guckst *Timm Thaler*? Ich dachte, du würdest immer nur irgendwelche Zombie-Streifen oder Kettensägenmassaker schauen.« »Ach«, er schüttelte mit dem Kopf, »immer diese Gewalt. Nein, *Timm Thaler*, das ist schön. 13 Teile, damit komme ich durch den Tag. Aber wenn das Internet morgen immer noch nicht funktioniert, dann zerlege ich den gottverdammten Rockern ihren ganzen abgefuckten Laden!«

Und da dürfte er nicht der Einzige sein. Den ganzen Tag über herrschte eine nervöse Spannung im Haus, Nachbarn schlichen beunruhigt durch den Innenhof nach draußen und kehrten kopfschüttelnd zurück, sie standen in aufgeregt gestikulierenden und schimpfenden Grüppchen zusammen. Allmählich machte ich mir doch etwas Sorgen um unsere Höllenengel von nebenan. Sie mögen harte Jungs sein, aber ob sie es mit einem erbosten Weddinger Lynchmob aufnehmen könnten, denen gerade der Internet-Zugang gekappt worden war, da hatte ich doch erhebliche Bedenken. Vermutlich lag es auch daran, dass alle noch einen etwas schweren Kopf von der Silvesternacht hatten, dass sie von der sofortigen Erstürmung des Ladens Abstand nahmen. Allmählich zogen sie sich wieder in ihre Wohnungen zurück, erkennbar ratlos, was sie nun tun sollten. Vermutlich würde man sich in neun Monaten im Virchow über eine ungeklärte Häufung von Gebärenden mit der Postanschrift Seestraße 602–610 wundern.

Zum Glück war die Telekom erstaunlich schnell, und gut 24 Stunden später funktionierte alles wieder, sodass es letztlich dann doch zu keinen Ausschreitungen kam. Einen Grund, uns eine Kiste Versöhnungsdrops in den Innenhof zu stellen, hätten die Rocker allerdings auf jeden Fall. Vermutlich sorgen sie sich, die Nachbarn könnten sich sonst eines anderen alten Berliner Brauchtums erinnern und demnächst nachts ihre Luxuskarossen auf dem Bürgersteig einfach abfackeln. Und dann könnten ihnen nicht mal mehr ihre Freunde von der Weddinger Polizei helfen.

Durchaus reichlich Grund, *kiss-and-make-up drops* großflächig bei uns im Haus zu streuen, hätte natürlich auch *Z.B.-Immobilien*, unsere Hausverwaltung. Da hätten sie die ganze Kiste mit den Pillen eigentlich auch direkt vor meine Haustür stellen können.

Da hatten dann also diese gigantischen Heizplatten in unserer Küche an der Wand geklebt, während aus den Bohrlöchern, die die Trocknungsfirma in die Wand gesetzt hatte, mit riesigen staubsaugerartigen Apparaturen und unter gewaltigem Getöse über Schläuche die feuchte Luft nach draußen gesaugt wurde.

Erst hatten wir es ja ein bisschen lästig gefunden, dauerhaft mit einer Geräuschkulisse wie auf einem Flughafen zu leben und in einer Küche mit dem Ambiente einer Großbaustelle zu frühstücken, aber hey, den Fernseher abends kann man auch lauter stellen. Und große Güte, auf die paar Tage würde es schon nicht ankommen. Auf die paar Wochen auch nicht, dachten wir später. *Ohropax* ist auch gar nicht mal so teuer, wenn man es im Großgebinde kauft.

Nach Neujahr tauchten die Profi-Trockner dann plötzlich wieder auf und erklärten unsere Seite der Wand für getrocknet, um die Platten nun im Treppenhaus zu installieren, auf dass auch der Rest des Hauses fortan in den Genuss dieser einzigartigen Geräuschkulisse käme. Wo sie seither vor sich hin dröhnen. Geschätzte 8.000 Watt im 24-Stunden-Betrieb. Gerade jetzt, während der ersten wirklich kalten Tage, wissen wir es durchaus zu schätzen, dass das Treppenhaus immer schön gemütlich warm ist. Hier wird halt mit riesigen Elektroplatten geheizt. Das muss sie sein, die Energiewende im Wedding.

Mitte Dezember waren Mitarbeiter von *Z.B.-Immobilien* bei uns aufgetaucht, mit einem Mann von der Versicherung im Schlepptau, die den Schaden regulieren sollte. Da war ich ja mal gespannt, wie der reagiert. Immerhin war es ja die Hausverwaltung, die durch ihre Untätigkeit das Desaster überhaupt erst in diesen Ausmaßen ermöglicht hatte. Stirnrunzelnd betrachtete der Schadenmanager unsere Küchenwand, dann richtete er auch gleich die entscheidende Frage an mich: »Wann haben Sie das denn bemerkt?« Was sollte ich dazu sagen? Einerseits wollte ich, dass die Sache möglichst rasch und unkompliziert abgewickelt würde, da wäre es vielleicht nicht hilfreich, wenn ich petzte. Andererseits schienen mir hier doch nicht ganz unerhebliche Baumaßnahmen nötig zu sein, und ich wollte keinesfalls riskieren, letztlich selbst dafür haftbar gemacht zu werden. Also antwortete ich wahrheitsgemäß: »Anfang August.« Der Versicherungsmann sah mich ungerührt an: »Anfang August? Welches Jahr?« Ich lauerte vorsichtig, ob das ein Scherz war, aber der Mann wirkte nicht so, als mache er Scherze, er schaute so trocken drein, wie unsere Wand auch nach einem Jahr des Grillens mit diesen Platten nicht werden würde. Er meinte das ernst. »Wie lange dauert das denn sonst so, bis so was behoben wird?«, fragte ich ihn verblüfft. »Ach«, erwiderte er, »was glauben Sie, was ich hier schon alles gesehen habe. Ich vertrete unsere Gesellschaft seit mehr als fünfzehn Jahren hier im Wedding.« Frau Lüdtke grinste mich triumphierend an. Ich zuckte mit den Schultern. »Hauptsache, das wird schnell geregelt. Es ist nämlich nicht so angenehm, in einer verwüsteten Küche zu wohnen.« »Keine Sorge«, sagte der Versicherungsmann, »das kann vor Weihnachten alles fertig werden.«

Das war vor gut vier Wochen. Seither ist außer dem Umzug der Platten nichts mehr geschehen. Die heizen nun also das Treppenhaus, und der ganze Block wird aus den Turbinen der Großstaubsauger rund um die Uhr beschallt. Die biotische Population unserer Wand hat bei der Aktion herbe Verluste hinnehmen müssen, so schnell aber gibt sie nicht auf. In kleinen, schwarzen, Moospolstern nicht unähnlich sehenden Grüppchen sprießt es inzwischen wieder neu auf unserer Seite. Es scheint den Geschöpfen gut zu gehen. Vermutlich, weil sie vom Treppenhaus her immer schön warme Füße haben.

Und jetzt sehe ich Frau Lüdtke plötzlich durch den Hof huschen. Ich wittere meine Chance und stelle sie. Wann denn nun endlich die Instandsetzung erfolge, will ich wissen. Das wisse sie auch nicht, sagt sie. Von ihrer Seite aus sei längst alles erledigt, jetzt fehle nur noch die Zusage der Versicherung. Ich atme tief durch. »Die Wand schimmelt schon wieder«, informiere ich sie. »Quatsch«, sagt sie, »die Wand ist jetzt trocken, die kann gar nicht mehr schimmeln.« »Gucken Sie es sich doch selbst an!« »Tut mir leid, ich bin gar nicht in Ihrer Sache hier, ich muss ...« »GUCKEN SIE ES SICH DOCH SELBST AN!« Manchmal denke ich ja, ich wohne schon zu lange hier. Das tut der Persönlichkeitsentwicklung und dem Karma auf Dauer nicht gut. Andererseits: Es hat auch Vorteile. Sie schaut mich erschrocken an, dann folgt sie mir ohne weitere Widerworte in die Wohnung. Anklagend zeige ich auf die neuen Schimmelpolster. Frau Lüdtke guckt etwas genauer, dann sagt sie: »Ach, wissen Sie was: Nehmen Sie einfach einen Schwamm mit ein bisschen Essig und wischen das weg. Ist doch gar kein Problem.« »Aber die Sporen ...«, wende ich ein. »Ja, eben. Deswegen. Essig tötet das ab, glauben Sie's mir. Altes Hausrezept.« »Ich will trotzdem, dass die verdammte Wand endlich fertig wird. Und zwar so, dass ich nicht alle paar Tage mit Essig drüber wischen muss.« »Ja, selbstverständlich. Das kann ich gut verstehen.« »Und was soll ich jetzt Ihrer Meinung nach machen?« Sie guckt nachdenklich. »Wissen Sie was?«, sagt sie schließlich, »Schreiben Sie doch einfach einen Brief.« »Einen Brief?« »Ja, einen Brief. An die Hausverwaltung.« »Aber – das sind doch Sie?« »Genau. Schreiben Sie mir einen Brief.« »Und wozu soll das gut sein?« »Der landet dann bei mir auf dem Schreibtisch. Und dann kann ich ihn an den Chef weitergeben.« »Und dann?« »Dann passiert was. Vielleicht. Aber machen Sie mal richtig Druck: Drohen Sie mit Mietminderung. Oder besser noch: Sagen Sie, dass Sie sonst einen der Rocker aus der Kneipe nebenan vorbeischicken.« Ich sehe sie sprachlos an. Sie lächelt. Dann verabschiedet sie sich.

Beim Rausgehen ruft sie mir noch aus dem Innenhof zu: »Was ist denn das eigentlich für eine Kiste, die hier mitten im Hof steht?« »Das sind Versöhnungsdrops. Mit Friedensangebot!«, rufe ich ihr zu. Sie zückt ihr Handy und macht ein Foto. »Was für eine Sauerei! Und das steht hier einfach so mitten in der Gegend herum? Das ist doch Müll! Also, Zustände sind das hier! Unmöglich!« Kopfschüttelnd verschwindet sie im Vorderhaus. Die Hausverwaltung war es wohl nicht, die die Pillen hier hingestellt hat.

Am nächsten Morgen beobachte ich durchs Küchenfenster, wie ein Mitarbeiter der Hausmeisterserviceagentur die Kiste mit den Drops packt und in einen der Müllcontainer stopft. Gut abgepasst – bald darauf kommt die *BSR* und fährt den gesamten Müll einschließlich Tablettenkiste nach draußen, wo sie schließlich im Müllwagen und von dort in der Verbrennungsanlage landen werden.

Das also ist das Schicksal von Versöhnungsversuchen im Wedding. Es sieht so aus, als hätten Friedensangebote hier in der Gegend einfach keine Chance.

Aus der Reihe Critica Diabolis

21. *Hannah Arendt,* Nach Auschwitz, 13,- Euro
45. *Bittermann (Hg.),* Serbien muss sterbien, 14.- Euro
55. *Wolfgang Pohrt,* Theorie des Gebrauchswerts, 17.- Euro
65. *Guy Debord,* Gesellschaft des Spektakels, 20.- Euro
68. *Wolfgang Pohrt,* Brothers in Crime, 16.- Euro
112. *Fanny Müller,* Für Katastrophen ist man nie zu alt, 13.- Euro
129. *Robert Kurz,* Das Weltkapital, 18.- Euro
139. *Hunter S. Thompson,* Hey Rube, 10.- Euro
153. *Fanny Müller,* Auf Dauer seh ich keine Zukunft, 16.- Euro
154. *Nick Tosches,* Hellfire. Die Jerry Lee Lewis-Story, 16.- Euro
160. *Hunter S. Thomspon,* Die große Haifischjagd, 19.80 Euro
162. *Lester Bangs,* Psychotische Reaktionen und heiße Luft, 19.80 Euro
163. *Antonio Negri, Raf V. Scelsi,* Goodbye Mr. Socialism, 16.- Euro
166. *Timothy Brook,* Vermeers Hut. Der Beginn der Globalisierung, 18.- Euro
171. *Harry Rowohlt, Ralf Sotscheck,* In Schlucken-zwei-Spechte, 15.- Euro
173. *einzlkind,* Harold, Toller Roman, 16.- Euro
174. *Wolfgang Pohrt,* Gewalt und Politik, Ausgewählte Schriften, 22.- Euro
176. *Heiko Werning,* Mein wunderbarer Wedding, 14.- Euro
178. *Kinky Friedman,* Zehn kleine New Yorker, 15.- Euro
184. *Guy Debord,* Ausgewählte Briefe. 1957-1994, 28.- Euro
185. *Klaus Bittermann,* The Crazy Never Die, 16.- Euro
186. *Hans Zippert,* Aus dem Leben eines plötzlichen Herztoten, 14.- Euro
188. *Ralf Sotscheck,* Tückisches Irland, 14.- Euro
189. *Hunter S. Thompson,* The Kingdom of Gonzo, Interviews, 18.- Euro
192. *Heiko Werning,* Schlimme Nächte, 14.- Euro
193. *Hal Foster,* Design und Verbrechen, Schmähreden, 18.- Euro
196. *Wiglaf Droste,* Sprichst du noch oder kommunizierst du schon? 14.-
197. *Wolfgang Pohrt,* Kapitalismus Forever, 13.- Euro
198. *John Gibler,* Sterben in Mexiko, Drogenkrieg, 16.- Euro
199. *Owen Hatherley,* These Glory Days, Ein Essay über Pulp, 16.- Euro
200. *Wolfgang Pohrt,* Honoré de Balzac, 13.- Euro
203. *Cederström & Fleming,* Dead Man Working, 13.- Euro
204. *Robert Kurz,* Weltkrise und Ignoranz, Essays, 16.- Euro
205. *Wolfgang Pohrt,* Das allerletzte Gefecht, 13.- Euro
206. *Peter Laudenbach,* Die elfte Plage. Zur Kritik des Touristen, 13.- Euro
207. *einzlkind,* Gretchen, Prima Roman, 18.- Euro
208. *Wiglaf Droste,* Die Würde des Menschen ist ein Konjunktiv, 14.- Euro
209. *Lee Miller,* Krieg. Mit den Alliierten in Europa 1944-45, 24.- Euro
210. *Berthold Seliger,* Das Geschäft mit der Musik, 18.- Euro
211. *Friedhelm Kändler,* Die Abenteuer der Missis Jö, 14.- Euro
212. *Franz Dobler,* A Boy Named Sue, 14.- Euro
213. *Klaus Bittermann,* Alles schick in Kreuzberg, 14.- Euro
214. *Heiko Werning,* Im wilden Wedding, 14.- Euro
215. *Hartmut El Kurdi,* Revolverhelden auf Klassenfahrt, 14.- Euro
216. *Ingo Müller,* Furchtbare Juristen, ca. 22.- Euro
217. *Marcel Cohen,* Raum der Erinnerung. Tatsachen, ca. 16.- Euro

http://www.edition-tiamat.de

Sibylle Grimbert

DER LETZTE SEINER ART